人生後半にこそ読みたい秀歌

永田和宏

朝日新聞出版

人生後半にこそ読みたい秀歌

はじめに　超高齢社会を生きるということ

超高齢社会の出現

改めて言うまでもありませんが、日本は世界一の高齢社会として知られています。高齢化率とは、ある地域に住む全人口のうち、六五歳以上の占める割合を言い、少し古い統計ですが、二〇二〇年の日本の高齢化率は二八・六パーセント。現在はさらに進んでいますが、実に四人に一人以上は高齢者ということになります。

いわゆる先進国ほど高齢化率が高くなる傾向がありますが、そのなかでも日本は突出しており、第二位イタリアの二三・三パーセントを大きく上回っています。

寿命とは、ある個体が生まれてから死ぬまでの期間を言います。平均寿命という言葉がよく使われますが、これは多くの人がまちがって理解しているような気がします。ある年の平均寿命とは、その年に生まれた赤ちゃんが、この後、平均して何年生きることができるか、その寿命の平均であり、今現在の、たとえば日本人全体の年齢を平均したものではないのです。

日本人の平均寿命は、二〇二〇年では男性が八一・六歳、女性が八七・七歳となっています。女性は香港に次いで二位、男性は香港とスイスに次いで三位なのだそうです。

また平均余命という言葉もよく使われます。平均余命とは、ある年齢の人があと何年生きられるかという数値のことで、〇歳の人の平均余命が平均寿命にあたります。

二〇二〇年の統計では、六五歳男性の平均余命は二〇・一年、女性は二四・九年となっています。六五歳以降を老後と考えると、じつに、男性では二〇年、女性では二五年の老後が待っているということになります。

その他に、最大寿命という概念もあります。ある生物種の個体が生活環境や条件による影響を受けずに天寿を全うするまでの生存期間を言うのですが、その値自体はそれほど意味がないとして、日本においては一〇〇歳以上のお年寄り、すなわちセンチナリアン（一世紀人、百寿者）と呼ばれる長寿者の数は、二〇二〇年で八万人を超え、国立社会保障・人口問題研究所の推計によれば、二〇三七年には三〇万人を超えるとまで予想されています。センチナリアンが珍しくない社会の到来です。「人生一〇〇年時代」という言葉もいよいよ現実味を帯びてきそうですね。

わが国が超高齢社会に突入していることはまちがいないと言うべきでしょう。

性成熟と寿命

一方、人以外の動物ではどうでしょう。おもしろいデータがあります。種々の動物の性成熟年齢と最大寿命との関係を調べたものです。個々の動物は、その種特有の最大寿命を持つと言われていますが、それぞれの種の最大寿命を調べると、それが性成熟年齢と明確な相関を持っているというのです。性成熟年齢というのは、生殖が可能な状態になること、つまり子を産めるようになる年齢のことです。

図を示せないのが残念ですが、哺乳類の性成熟の年齢と最大寿命とのあいだには、きれいな直線関係があり、性成熟年齢の約六倍が最大寿命になるといいます。サルやゴリラ、チンパンジーなどの霊長類の場合はさらにきれいな相関関係が見られます。

これは何を意味するのでしょう。種の保存という意味からは、子を産んで、その子が次の子供を残せるようになるまで、自らの生存をはかる必要があるでしょう。子は一回産めばいいわけではなく、何度も産む必要がありますが、生殖、そして子育ての時期を過ぎると、種の保存という意味からは、親はそれ以上生きている必要がなくなるのです。生殖能力のない老個体を集団のなかに抱え込むことは、エサの確保という点で、むしろ不利にもなる。性成熟との相関を見せるということは、そのような冷徹な生物学的必然を示しています。

ところが、ここに一つだけ例外があります。それがヒトなのです。生物として人を言う場合には「ヒト」と書くことになっています。ヒトだけが、この性成熟年齢と最大寿命の直線から大きくはずれてしまう。ヒトの性成熟は、およそ一三歳から一四歳。ところが最大寿命はおよそ一一五歳と言われています。性成熟年齢の六倍という年齢よりは、はるかに長生きが可能なのです。

つまり、ヒトだけが種の生存戦略的な寿命からかけ離れた一生を送るようになった。もちろん他の動物と同じように、狩猟によって生存をはかっていた原始時代には、おそらく他の哺乳類と同じように、性成熟と最大寿命は相関していたのでしょう。狩猟から農耕生活へと変化し、さまざまの文明が進化し、さらに医療が発達することによって、昔なら死んでいたはずの生が保証され、最大寿命の延長につながったと考えられます。

ヒトだけと言いましたが、おもしろいことに、現在では犬などのペットもこの関係に当てはまらないようなのです。確かに歩けなくなり、認知症にも陥っている犬や猫の姿は、どこにでも見られるようになりました。老人の介護だけでなく、ペットの介護に明け暮れるという生活も普通のものになりつつあるのかもしれません。

子を産み、子を育て、次世代が担保された段階で己の生を終えていたはずが、ヒト（とその保護のもとにあるペット）だけが、そのような法則から逃れ、ポスト生殖期とも言うべき長い時間を過ごすことになる。高齢化問題、老化現象はこのような背景のもとに生まれたヒト特有のものであると言うことができるのです。

この体古くなりしばかりに

この体古《からだふる》くなりしばかりに靴穿《は》きゆけばつまづくものを
斎藤茂吉《さいとうもきち》『つきかげ』

近代を代表する歌人、斎藤茂吉の最終歌集『つきかげ』には、このような老いを詠《うた》いとめた歌が数多く収載されています。身体が思い通りに動かなくなる、その嘆きを詠っているのですが、上句「この体古くなりしばかりに」の言葉遣いがなんともおかしい。確かに「古く」なっていることはまちがいないのですが、歌の言葉としてこの一語を持ってくるのは相当な力業《ちからわざ》でもあり、またそれをおもしろがる余裕がなければかなわないことでもあるはずです。

ひと老いて何のいのりぞ鰻すらあぶら濃過《こす》ぐと言はむとぞする
斎藤茂吉『つきかげ』

一九四八（昭和二三）年、亡くなる五年前の歌です。茂吉の鰻《うなぎ》好きはつとに有名ですが、この一首では「ひと老いて何のいのりぞ」という大上段の問題提起?から、「鰻すらあぶら濃過ぐと言はむとぞする」という下句の〈俗〉への落差がなんともおかしい。茂吉特有のはぐらかしに近い展開とも言えますが、決して笑いを狙ったものでないところが、却《かえ》っておかしいのです。茂吉の可笑《おか》しさは、その大真面目なところがおかしいのだと私は思っています。

上田三四二《うえだみよじ》は、その著『茂吉晩年』（彌生書房）のなかで、「茂吉の文学を云々するに当って、『つきかげ』は、実はどうでもいい歌集であろう」と、きわめて大胆で過激なもの言いをしています。それはさらに「絶唱『白き山』ののちに、付け足りのような『つきかげ』のつづくことは、読者を戸惑わせる。敢えていえば、その興をさます」と続くのですが、私は、上田三四二とは逆に、茂吉に『つきかげ』があったからこそ、人間茂吉の魅力を味わうことができたのだろうと思うのです。茂吉の老いの歌、特に『つきかげ』については何度も取り上げることになると思いますが、茂吉の老いの時間のおもしろさと豊かさは、私たち自身の「これからの生」への興味を掻き立ててくれるはずです。

老化は病気である

長く生きれば、自ずから老化が始まり、各種身体機能が衰えて、やがて死を迎える。事故や病気によって若死にをしないかぎり、これは誰にも避けられない推移であり、例外のないプロセスであると言うべきでしょう。例外がないから、ある意味では平等、公平であるとも言え、いくら使いきれないほどの金を持っていても、そのプロセスは誰にも等しく現れるところが救いでもある。

この避けがたい必然が、いま大きく揺らぎつつあるのが、生命科学の最前線であるのかもしれません。私は寿命や老化といった分野の専門家ではありませんが、私の関与してきたタンパク質の恒常性維持機構の研究分野、あるいは細胞生物学、生命科学の分野においても、長寿遺伝子や抗老化遺伝子といった言葉が頻繁に聞こえるようになったのは、もう十数年前からでしょうか。

詳しい説明は省きますが、サーチュインという遺伝子は、遺伝子ＤＮＡからの情報の読み出しの調節に関与し、サーチュイン遺伝子の活性化が老化を防ぎ、寿命を延ばす効果のあることが報告されています。サーチュイン研究の中心人物の一人である、ハーバード大学のデビッド・シンクレア教授の二〇二〇年に翻訳された『ライフスパン　老いなき世界』（東洋経済新報社）は、世界的なベストセラーになっていますが、なぜか日本語版の発行の前に、非売品のプルーフ版というのを私にも送っていただき、おもしろく読んだことでした。

『ライフスパン』で繰り返し強く主張されているのは、「老化は病気である」という概念でした。老化は誰にも等しく訪れる避けがたいプロセスではなく、病気の一つなのだ、だからそれは治療できる。これがこの本の主題です。

老化という自然現象だと思われていたものが、実は病気の一つだというのはまさにパラダイムシフトと言わねばなりません。そう言い切るのは、まだちょっと保留しておいたほうがいいのかもしれませんが、寿命の延長については彼らのデータの信頼性は高いように思われます。

病気ならば、うまく治療をすることによって、人間は一二〇歳までは普通に生きることになるはずだ。しかもただ長生きするだけではなく、〈健康寿命〉そのものが延びるのだとシンクレア教授は力強く断言しています。

健康で長生き、しかも一二〇歳が普通になるという薔薇《ばら》色の予想の妥当性を評価する立場にはありませんが、彼らの論文は「Cell（細胞）」誌などといった生命科学分野の国際的なトップジャーナルに繰り返し発表されており、多くの研究室からも同様の成果が発表されていることからも信頼性はあると、私は思っています。

病気であれば治療できる、それにはサーチュインの活性化を促す薬を摂《と》ればいいということで、すでにそんなサプリメントは全米で大きな売り上げを記録しているようです。

圧倒的に長くなった人生後半を楽しんで生きるために

ヒトにのみ与えられ許された、生殖期以降の生。それがいまやどんどん延長されようとしています。現生人類（ホモ・サピエンス）の出現はほぼ二〇～三〇万年前と言われていますが、それ以来、生殖期以降の生をこれほど長く生きるということはかつて経験しなかったことです。すべてが新しい経験だと言っても過言ではないでしょう。

新しい経験であるということは、すなわち誰にも確かな処方箋や方針、指針がないということでもあります。それぞれの個人が、それぞれ自分で考え、切り開いていく以外、対処できない経験なのだと言ってもいいでしょう。そんな新しい経験、新しい世界がおもしろくないはずがない。

日本人の死因の第一位に悪性新生物、すなわちがんが登場したのは一九八一(昭和五六)年のことでした。それ以来、現在にいたるまでがんはずっと一位のまま。二人に一人ががんを患い、三人に一人ががんで死ぬと言われています。がんはまさに長寿によって初めて顕在化してきた病気なのです。

アルツハイマー病などに代表される神経変性疾患、認知症なども、この長寿がもたらした必然的な病態の一種でもあります。それに伴う介護や看護の問題も、現在の歌壇でもっとも大きな分野を占める素材となっていますが、今後も詠われ続けるものでしょう。

これらは困った側面ですが、一方で、長い老後という時間、それにいたる中高年という人生の充実期、これらが歌の素材、テーマとしておもしろくないはずがない。

生物学的には意味のない「後の生」のおもしろさと豊かさは、どのように詠われてきたのでしょうか。そしてそれらを読むことで、私たちにどのような新しい生の見方が生まれるものなのでしょうか。本書では、そのような「人生後半にこそ読みたい秀歌」を紹介しながら、人生後半を充実して生きるヒントを探っていきたいと考えています。

目次

第三部　たのしみへ

第一部　人生後半へ

中年は人生後半への入口　ありふれし中年われは

中年とはいつなのか？

本書のタイトルを『人生後半にこそ読みたい秀歌』としましたが、人生後半とはいつからを指すのでしょう。後半だから、真ん中以降であることはまちがいありませんが、それでは真ん中とはいつを指すのか。

それに近い言葉として「中年」という語があります。中年とは、青年と老年のあいだに当たる年齢という意味でつけられた名称です。一般的なイメージとしては四〇歳代から五〇歳代なかばくらいまでを指すでしょうか。厚生労働省の定義では、中高年労働者の年齢を四五歳以上としていますし、高齢者を六五歳以上としていますので、中年とは四五歳から六四歳までということになるのでしょうか。

中年と言って、まず思い出す俳句に、次の一句があります。

中年や遠くみのれる夜の桃　　西東三鬼《さいとうさんき》『夜の桃』

三鬼の代表句の一つですが、彼が四〇半ばを過ぎた頃の作でしょうか。同じ句集のなかには、「中年やよろめき出づる昼寝覚」「中年や独語おどろく冬の坂」などの句もあり、この頃、彼が中年を強く意識しはじめていたのがよくわかります。

どれもおもしろい句ですが、特に有名な「夜の桃」の一句は、句集のタイトルにもなった句で、『三鬼百句集』（角川ソフィア文庫）の「自句自解」では、「中年という《（ママ）》のは凡そ何歳から何歳までをいふのか知らないが、一日の時間でいへば午後四時頃だ。さ《（ママ）》ういふ男の夜の感情に豊かな桃が現れた。遠い所の木の枝に。生毛のはえた桃色の桃の実が」と述べています。

中年が「午後四時頃だ」というのは、さすが三鬼だと思わせる断言でおもしろい。そんな男の夜の感情に、「生毛のはえた桃色の桃の実」が現れたとは、どこかエロスの感じられる、意味深長な自解だと思わざるを得ません。この自解からは、ただちに、

おそるべき君等《きみら》の乳房夏来《きた》る　　西東三鬼『夜の桃』

を思い出す人も多いでしょう。一方で、夜の、遠い木にあらわれた「生毛のはえた桃色の桃の実」を盗み見るように妄想している男が居る。一方で、若い女性たちの、夏が来て薄着になって嫌でも目立ってくる潑溂《はつらつ》とした乳房に圧倒されている男がいる。まさに中年、あるいは中年男というイメージの両面が活写されていると思わざるを得ませんが、それをそのまま見せてやるといった三鬼という俳人の気迫を感じさせる句だとも思います。

中年、そのあこがれとあきらめ

中年という言葉からは、どうしてもネガティブなイメージが先に立つようです。人生の半ばを過ぎ、これからの残り時間を考えて暗い気持ちになるからでしょうか。それと共に、身体の衰えを如実に感じざるを得なくなることもその理由ではあるでしょう。

嗚呼さびし憧憬事《あこがれごと》もさだ過ぎてうづくごとくは甦《かへ》りきたらず

宮《みや》　柊二《しゆうじ》『多く夜の歌』

わが体衰耗《おとろへ》に入る夏笹を庭に抜きつつ抜きがたく居り

同

宮柊二は一九五五（昭和三〇）年、体調不良から一か月東大病院で入院生活を送りますが、その後も健康の回復は思わしくなく、のちに糖尿病を発症することになります。一首目は、その入院中に作られた歌です。「嗚呼さびし」の内容は、単に憧憬《あこがれ》を持つことが少なくなったことを言うのではなく、「さだ」すなわち盛りの年齢も過ぎて、昔もっていた「あこがれごと」そのものも、もはや「うづくごとく」には甦ってこなくなったというのです。以前は、実現しなかったさまざまの憧憬が胸を締め付けるように迫ってきていたのでしょう。そんなことさえも、齢《とし》のせいでなくなってしまった。それは安らかになったということでもありますが、寂しいことに違いない。その寂しさをベッドの上で嚙み締めています。

二首目にも同様に、身体の衰えから、庭の草引きすらままならぬことを嘆いています。このような病気、身体の衰え、気力の衰えなどが押し寄せてくるのが中年という時期であり、男女関係なく、誰にもおそらく例外なしに訪れる嘆きではないでしょうか。

青春を晩年にわが生きゆかん離々《りり》たる中年の泪《なみだ》を蔵《ざう》す

宮　柊二『多く夜の歌』

一方で宮柊二には、こんな一首もあります。宮柊二はまさに青春期を戦争にとられた世代でした。一九三九（昭和一四）年、二七歳のときに召集され、大陸に渡ります。山西省を中心に丸四年、大陸での戦闘に加わり、その間の歌は戦後、歌集『山西省』に発表されることになりました。そのような青春を持つ宮柊二にとって、晩年にこそ、自らの青春を生きなおしたいとの思いがあったのでしょう。この一首は、依願退職を願い出て受理された直後の歌と思われますが、職を退き、さあこれから自分の青春を生きなおすのだと意気込んだ途端、「離々たる中年の泪」があふれたのでしょうか。喜びである以上に、己にあったはずの青春への憐憫《れんびん》の情に泪したのかもしれません。

中年のわれらとなりておのづからあきらめのなかに夢みるらしき

大野誠夫《おおののぶお》『行春館雑唱』

大野誠夫も宮柊二と同世代の歌人ですが、同様に中年となってのあきらめを詠《うた》っています。あきらめではありますが、「あきらめのなかに夢みるらしき」に、かすかな矜持《きょうじ》も感じられる一首です。いずれにせよ、戦争に己の青春を奪い取られた世代の悔しさと、老年にそれを賭ける思いの交錯した複雑な感情を感じる歌ではあります。

中年というネガティブイメージ

でつぷりと肥え、
されど気弱な中年の、
われの姿の眼に見ゆるごとし。
西村陽吉《にしむらようきち》『都市居住者』

追わるる夢見つつ覚めたる昨日今日われは中年の肥えたる麒麟(きりん)
佐佐木幸綱《ささきゆきつな》『反歌』

中年のハゲの男が立ち上がり大太鼓打つ体力で打つ
奥村晃作《おくむらこうさく》『鬱と空』

まさに中年という言葉のイメージをそのまま詠ったような三首です。まず体型の乱れ、特に中年太りと言われる体型が気になる。西村、佐佐木の二首がそれですし、男なら髪の毛が薄くなり始めるのもこの頃でしょうか。西村はまだ先のこととして、中年の自分を想像して落ち込んでいますが、佐佐木は夢のなかで追われている自分が、まさに「中年の肥えたる麒麟」であることを認めざるを得なくなっている。

奥村晃作は「中年のハゲの男が立ち上がり」と、どぎつい初句から始めますが、しかしそんな男が、大太鼓を「体力で打つ」、その力強さに自分を重ねつつ、心を寄せているという歌になっています。笑いのなかに辛みの効いた歌になっているのは、いかにも奥村調と言える一首でしょう。

このように外見から、どうも中年は冴えない年齢と思われているようで、実際中年になってみると、自分でもそれを意識せざるを得ない。自嘲的、自虐的に中年を詠う作者が多くなってくる。

そんなことでいいのかと思い、ちょうど中年という年齢に差し掛かった頃、私はとてもおもしろい鼎談《ていだん》を企画したことがありました。題して、「清く正しい中年の歌」。歌壇で、初めて「中年の歌」というテーマ、表題を冠した座談会となり、私たちの歌誌「塔」の一九八八年五月号に掲載されました。

まさに中年に突入した同世代の歌人、小池光《こいけひかる》、小高賢《こだかけん》の二人を招いて、私との三人で、中年というのは、ほんとうにそんなに格好悪いものなのかを自在に話しあったものです。中年というドラマのない、かつ薄汚れたイメージに付きまとわれている時期に、どのような中年の歌が可能かを三人で思う存分話しあったもので、「伝説的座談会」（朝井さとる）などと言われるほど、私たち自身も楽しんだおもしろい鼎談になりました。
内容はとても紹介しきれませんが、その鼎談を終えたあとに、私が書いている文章の一部だけを引いておきたいと思います。
「青春と老境とはだれにも平等に向こうからやってくるものだ。しかし、中年だけは、気をつけないと通り過ぎていってしまうものではないかというのが、私の正直な印象である。そして、この〈気をつけないと〉という言い方には、従来一般に認められているような中年像を追っているだけではと、という意味合いも当然含まれている」（「塔」１９８８・５）
それでは、そこに集まった三人に中年の歌はあるのか。

ありふれし中年われは靴の紐ほどけしままに駅に来てをり　　小池　光『草の庭』

なかば棄て半ばすてえぬ祈《ね》ぎごとをかかえ後半戦に入るかな　　小高　賢『家長』

夏の視界にすずしきキリン中年と呼ばれて中年になりゆくわれら　　永田和宏『荒神』

小池は靴紐がほどけたままに駅まで来ていたことに気づいたとき、普段見慣れていた中年男たちの姿そのままの自分に驚いたのでしょう。それがまさに「ありふれし中年」であることに、納得もしたのでしょう。小高は、人生の「後半戦」に入ろうとするとき、自らが願ってきたことの半分は捨て、しかし、なお半分は捨て得ぬ自分をあらためて肯定しつつ、これからの時間を思っています。

私の歌では、自分ではほとんど意識しなかった中年と呼ばれる年代にいつのまにか入っている自分に気づき、「中年と呼ばれて中年になりゆく」のだということに妙に納得しています。自分の意識と関係なく、外から規定されて作られていく中年というイメージに、自分がすっぽりはまっていくという感じでしょうか。

しかし、これら私と同世代の歌を見ていると、宮柊二らの世代と、中年というものの捉え方がずいぶん違うことに改めて気づくことになります。「嗚呼さびし」「泪を蔵す」「あきらめのなかに」などと強い思い込みをもって詠っていた宮や大野誠夫とは違い、小池、小高、そして私の歌はどれにも悲壮感などはかけらも感じられない。

ここには当然、平均寿命が長くなり、中年以降に過ごさねばならない膨大な時間が控えていることを前提にした感想だからでしょう。

いちばん若い自分か、いちばん齢をとった自分か?

ありし日はひとごととのみ思ひゐし四十の歳(とし)にいつか来にけり

若山牧水《わかやまぼくすい》『黒松』

いかがなる晩年来ると思ひしが至りてみればごく当り前

齋藤《さいとう》史《ふみ》『風翻翻以後』

若山牧水はその時々の自分の年齢を詠《よ》み込んだ歌を多く作っていますが、「ひとごととのみ」思っていた「四十の歳」にいつのまにか来ていたことに、自分で驚いている歌です。はるか先と思っていた年齢にいつの間にか来ている、あるいはそれを過ぎてしまっていたというのは、誰にも覚えのあるところでもあるでしょう。

齋藤史も、自らの晩年を強く意識し、「いかがなる晩年」になるのかと懼《おそ》れつつ、期待もしていたのでしょうが、来てみれば、なんてこともない、「ごく当り前」のことで拍子抜けといったところ。年齢に対して敏感なアンテナを張っているこれらの歌人にしてこうですから、一般に、注意をしていないと気づかぬうちに通り過ぎているということのほうが多いのが、中年という時間なのかもしれません。

年齢を意識するとき、今日の自分は、これまででいちばん齢をとった自分だと思うか、今日の自分は、これからの自分のなかでいちばん若い自分だと思うか、そのどちらを感じるかは人によって違うものでしょう。

いずれにせよ、自分の歳は、いつも若干の違和感とともにしか実感できないものではないでしょうか。

人はみな馴れぬ齢(よわい)を生きているユリカモメ飛ぶまるき曇天

永田《ながた》　紅《こう》『日輪』

この一首は中年ではなく、作者が二十歳《はたち》になった頃の歌ですが、人は誰も初めて到達した自分の齢を生きるしかなく、いつもその自分の年齢というものに慣れないままに過ごしているという認識が、この若い作者から発せられて驚いたものでした。もちろん人はどの年齢に達しても、同じように「馴れぬ齢」を生きるしかない。

中年というテーマで歌を探すと、どうしても男性の歌が多くなってしまいます。女性歌人は、中年という言葉で自己を規定したがらない傾向が強いように感じられます。そんななかでも、少し女性の歌を見ておきたいと思います。

さうぢやない　心に叫び中年の体重をかけて子の頬打てり

中年の体はもうひとに預けまい夕山桜濃き影を曳く

小島《こじま》ゆかり　『希望』

衒《(てら)》わずに褒める言葉が出てくるようになりて中年ねこじゃらし揺る

大口玲子《おおぐちりょうこ》　『ひたかみ』

永田　紅　読売新聞２０２４・７・20

小島ゆかりは、「中年の体重をかけて」子供の頬を打つ。ここには「中年の体重」に裏打ちされた母親の自信と責任が強く意識されています。大口玲子は、自分の体、中年になった自分の体は、もうひとに預けることはするまいと改めて思っている。解釈の幅のある歌ではありますが、人頼みではなく、自分の体の重みを自分で背負って歩くという決意のようなものを感じるべきでしょうか。さらに若い永田紅は、褒め言葉が衒わずに出てくるようになった自分に驚くとともに、こんな風になることがすなわち中年になることなのだと納得している雰囲気です。どれにも自虐的自嘲的な中年意識のないのが特徴で、女性と男性で、中年という言葉に持つイメージがずいぶん違っていることに気づきます。

知命という若さに見えぬもの多し木下闇まで来て目を閉ざす

三枝昂之《さいぐさたかゆき》　『甲州百目』

中年に「門」を読むのは庖丁を研ぎあげて鋭刃《とば》にさはるのに似る

高野公彦《たかのきみひこ》『水行』

三枝昂之は、「知命」すなわち五〇歳では、まだ若すぎて見えないものが多いのだと、木下闇に目を閉ざします。五〇歳など、まだまだ若造かという意識でしょうか。

高野公彦の歌は少し様相が違いますが、中年になった自分の危うさ、あるいは自分で制御できなくなる危険性について詠っています。中年で、夏目漱石の『門』を読むのは、鋭く研いだ刃の先を指で触るのに似ているというのです。うっかり触れれば、指から血がほとばしりでるかもしれない。かろうじて保っている自分という存在が、『門』の世界に触れることによって危うくなるような危険性の予感でもあるでしょうか。中年を危ない、あるいは危うい時期と感じているのかもしれません。

頭をあげて開きゆくべき中年の充実といふを刃のごとも思ふ

島田修二《しまだしゅうじ》『花火の星』

一方で、島田修二のように人生の充実の期間として中年を捉えている作者もいます。「刃のごとも思ふ」には、高野公彦と通じる危うさがあるのかもしれませんが、ともかくも「頭をあげて開きゆくべき中年の充実」に己を期するといった言挙げとも感じられる一首です。島田は定年前に職を辞して、歌人としての第二の人生に踏み出しますが、それはまた後に記すことになります。

いずれにせよ、現在の私たちにとっては、ひと昔前のように、中年はもう残り少ない人生の入口といった感覚ではなく、まだまだ長く続くはずの「人生後半」の、まさにその入口として意識されるものとなっているでしょう。これからの章では、そのような「人生後半」に、どのようなことが起こり、そこでどのような歌が詠まれてきたのかを、つぶさに味わうことにしたいと思います。

老いのユーモア　八十年生きれば　そりやぁあなた

老いとユーモア

私も今年（二〇二二年）の誕生日からは後期高齢者の仲間入りをすることになりました。保険証が従来の医療保険から後期高齢者保険証に変わるという通知を受けとったり、後期高齢者への健康診断のお知らせが来たりと、「後期高齢」を何としてでも自覚させようとするかのような圧力を、ひしひしと感じざるを得ません。

二〇〇八（平成二〇）年頃だったと思いますが、「後期高齢者」という言葉が初めて世の中に出まわったとき、社会的に大きな反発があり、論議を巻き起こしました。「高齢者」と呼ばれるだけでも抵抗があるのに、それに「後期」をつけるとは何事ぞ、というわけです。いかにも人生の終わりを感じさせる呼び方で、私なども何というセンスの無さ、と呆《あき》れたことを覚えています。

しかし人間の適応力というのはすごいもので、わずか一〇年ほどで、「後期高齢者」という言葉そのものに対する反発は、すっかり影をひそめてしまったようにも見えます。私などは、今年から「後期高齢者だー」と自ら言いふらしている気さえします。

「はじめに」でも書いたように、日本人の平均余命は二〇二〇年で、六五歳男性で二〇・一年、女性で二四・九年ということですから、七五歳で後期高齢者と言われても、まだ実感としては乏しいのかもしれません。私なども、まだ体力的にはさほど問題がなく、あまり現実感がないというのが実感です。

しかし一方で、もの忘れは確実に進行しており、このことが頭をよぎると、これからの生活に自信もなくなり、独り身であることも併せて、暗澹《あんたん》たる気分にもなります。

そんな身体的な衰え、記憶力の減退を伴う精神的な脆弱《ぜいじゃく》化は否応なく誰にも訪れるものですが、それであれば、そんな誰もが逃れられない老いというものに、どのように対処してゆくか、どのように受け止め、どのように現実の時間を楽しんでいけるかは、人生後半を生きるものにとって最大の課題であるのかもしれません。

客観的に見れば、確実に死への階梯《かいてい》を下っていくのですから、それがわくわくするような楽しさに満ちているはずはないのですが、一方的にそれを暗いもの、悲しく寂しいものとだけ捉えて、日々の時間をやり過ごすのでは何としても惜しい。

そんなとき思い出すものに、齢《とし》をとった歌人たちの歌に見えるユーモアがあります。多くは自己を見ながら、あるときは呆れ、あるときは自嘲の笑いを誘うものが多いと感じていますが、それら己の老いをユーモアを持って詠《うた》っている作品に出会うと、齢をとるのもさほど絶望的ではないかもしれないないなどと、心穏やかになるものです。

München《ミュンヘン》にわが居りしとき夜《よる》ふけて陰《ほと》の白毛《しらげ》を切りて棄てにき

斎藤茂吉《さいとうもきち》『ともしび』

斎藤茂吉は、一九二三（大正一二）年から一年間、ミュンヘンのドイツ精神病学研究所に留学しました。この一首は帰国後の回想詠《えい》ですが、留学時の茂吉は四一歳。留学当初はストレスの多い日々でありました。そんな日々のつれづれに、ある夜、ふと「陰の白毛」に気づく。歌にしているのは、初めてそれに気づいたショックからでもあるでしょう。たぶんほんの一本か二本の白毛であったはずですが、「切りて棄てにき」という口調には、どこかいまいましさも感じられますね。それとともに、俺もそんな齢になったのかと、自らの加齢をどこかおもしろがっている雰囲気も感じられないでしょうか。

恥毛までロマンスグレイになつたぜと告げたき人もいまはをらねば

永田和宏「現代短歌」2022・3

最近、私が作った一首。こちらは当時の茂吉より三〇歳以上齢を取っています。頭も白くなっていますが、頭だけではなくて、「恥毛まで」！　こちらには老化の嘆《なげ》きという雰囲気はほとんどないのですが、そんなちょっとした身体の変化をおもしろがって、それを言ってみたい人、「告げたき人」がもはやいないというのが哀《かな》しいところ。私の一首が、茂吉の先の一首を念頭に置いていることは言うまでもありません。

税務署へ届けに行かむ道すがら馬に逢ひたりあゝ馬のかほ

斎藤茂吉『つきかげ』

斎藤茂吉の最終歌集『つきかげ』には、思わず笑ってしまう歌が多く収められていますが、その可笑《おか》しさは、多く茂吉の「老い」と関わっているおもしろさであるように思います。

この一首は決して「老い」を直截《ちょくせつ》詠ったものではありませんが、一九四八（昭和二三）年、山形県の上山《かみのやま》へ疎開していた茂吉が、東京へ帰ってきてすぐの歌です。茂吉六六歳。今ならまだ若いというべき年齢ですが、一九五三（昭和二八）年に七〇歳で没したことを考えると、晩年と言ってもいい時期の歌でしょう。

確定申告は誰にとっても楽しい作業ではありませんが、特に病院経営にも携わった茂吉にとっては特別の意味を持った作業でもあったはずです。当日の日記には、

二月九日　月曜、ハレ、風アリ、寒、30°
○九時ニ世田谷代田乗車、豪徳寺下車、玉電、山下カラ乗リ（2円）松蔭神社前下車左入リ、野村銀行ヨリ左入リ、税務署ニユキ、確定申告31,400円トシタルノデ税4600円収メルコトニシタ（後略）

とあり、茂吉が自身で足を運び、申告に行っていることがわかります。

そんな不愉快な作業に向かう「道すがら」、税務署員との愉《たの》しくもない対応を思いながら、少し緊張をして歩いていると、向こうからなんとも能天気な馬面を掲げてのんびりと歩いてくる馬

に出会ったというのです。

「馬に逢ひたりあゝ馬のかほ」の下句が、就中《なかんずく》、「あゝ」の二音のニュアンスが絶品とも言うべき一首でしょう。茂吉の舌打ちさえ聞こえてきそうな一首ですが、そんな茂吉の渋面を思い浮かべると、この一首の揺蕩《たゆた》うようなユーモアがいっそうほのぼのと感じられてきそうです。

この一首はいかにも上品なユーモアと私は思っていますが、茂吉にはもっと直接的な破れかぶれとも言いたいような老いを詠った歌も多くあります。


活動をやめて午前より臥《ふ》すときに人の来るは至極害がある　斎藤茂吉『つきかげ』

人に害を及ぼすとにはあらねども手帳の置き場処幾度にても忘る　同

俗にいふ睾丸《きんたま》火鉢もせずなりてはや三十年になりにけるはや　同

いやはやと言ったところですが、逆に言えば、齢をとったことを逆手に、何でも言える自由を獲得したのだとも言えるかもしれません。何より表現が直截的になり、技巧や飾りなどを捨ててしまったようなところに、却《かえ》って人間全体への味わいがあるのかもしれない。

もの忘れだっておもしろい

もの忘れまたうち忘れかくしつつ生命《いのち》をさへや明日は忘れむ

太田水穂《おおたみずほ》『老蘇の森』

二十年使ひきし電話番号をど忘れしたりしつつ八十歳《はちじふ》

竹山広《たけやまひろし》『射禱』

太田水穂は一九五五（昭和三〇）年に七八歳で、竹山広は二〇一〇（平成二二）年に九〇歳で亡くなりました。竹山さんは若き日に長崎で原爆に遭い、自身が被ばくするとともに、目の前で兄を失いました。それが歌となって表現されるようになったのははるか後年になってからであり、竹山さん自身が歌壇で知られるようになったのは、二〇〇二（平成一四年）年、斎藤茂吉短歌文学賞、詩歌文学館賞、そして迢空賞《ちょうくう》を受賞した年からでした。

私は、詩歌文学館賞の選考に関わり、茂吉賞の授賞式では竹山さんの前で講演をすることにもなり、それらの場で竹山さんの人柄の穏やかさに引き込まれたことを覚えています。遅咲きの歌人の典型とも言えますが、晩年にはエスプリのきいた社会詠や自身の老いをユーモラスに歌った日常詠が多くのファンを獲得しました。

太田、竹山両氏の二首はいずれももの忘れの歌。あまりに何もかも忘れる自分は、明日になれば自分の命さえ忘れるのだろうと達観（？）しているのが水穂。二十年も使ってきた電話番号を忘れてしまった自分に呆れているのが竹山。まあ今となれば携帯に覚え込ませている自分の電話番号は、若い人でも忘れているかもしれません。

忘れたのではない最初の一字が出ないだけあの人あの人　えーとあの人

永田和宏「塔」2021・3

当然私にももの忘れは忍び寄ってきていますが、「忘れたのではない」と強がっているところがまだ若いと思わせる一首でしょうか。人の名前などが思い出せないときは、たいていは最初の一字が出て来ないためであることが圧倒的に多い。「あいうえお」の最初から一字一字思い浮かべるとふっと出てくることがあるのも、そのせいでしょう。まあ、こんな歌を作るようになるとは数年前までは思いもしなかったのですが……。

女性の老いの軽やかさ

これまでは一般に女性の場合は、齢をとっても整った歌を作っている歌人が多かったという印象があります。しかし、高齢社会になって当然のことながら、長寿の女性が歌を作り続け、男性と同じように肩肘《かたひじ》を張らない、どちらかと言えばくだけた歌を作る歌人も多く見られるようになってきました。

疲労つもりて引出ししヘルペスなりといふ八十年生きれば　そりゃぁあなた

齋藤《さいとう》　史《ふみ》『秋天瑠璃《しゅうてんるり》』

齋藤史はモダニズムの影響の強い第一歌集『魚歌』から出発した歌人ですが、終戦間近、長野県に疎開したのちは、二〇〇二（平成一四）年に九三歳で亡くなるまで、その地で生活を続けました。脳血栓で倒れた夫を看病し、失明と老耄《ろうもう》に苦しむ母を看取り、その後をまた長く一人で生きたのでした。

そんな疲労が積もり積もったのでしょうか、一九八八（昭和六三）年に重いヘルペスに罹《かか》り、医者からは今後、字は書けないだろうと言われます。それでもなんとか鉛筆で字を書き、歌を作り続けた齋藤史でしたが、その精神力の強さが、結句「そりゃぁあなた」に出たのが先の一首でしょう。ヘルペスで字も書けなくなると言われたのを、「八十年生きれば　そりゃぁあなた」と笑い飛ばす。「生きれば」のあとの一字空けが、痛快な言辞の裏にある一瞬の翳《かげ》りをも表しているようで、意味の深い一字の空白だと感心します。

いたはられ坐るほかなししほしほと炎昼こもるわれは「ゐ」の字に

春日真木子《かすがまきこ》『何の扉か』

これよりは愛嬌よりも度胸とぞ　をみなのわれの老いへの対処

同　『ようこそ明日《あした》』

春日真木子は松田常憲《まつだつねのり》を父とし、長く歌誌「水甕《みずがめ》」を率いてきた歌人ですが、生年は一九二六（大正一五）年。現役歌人としては最年長と言ってもいい存在でしょう。今なお、とどまることなく歌を作り続けています。

齢をとったのだからと「いたはられ」れば、老人らしく「しほしほと」炎昼の室内に籠って座っているしかないと詠うのですが、結句「われは『ゑ』の字に」が曲者《くせもの》です。「ゑ」の字にこもる、あるいは座るとはどんな座り方かと問われても誰にも正解はありません。ただ、歴史的仮名遣いの「ゑ」。現在の社会では用のない字。しかし、どこか艶な曲線を持った「ゑ」の字のように、というところに作者のしたたかな思いがあるのでしょう。

そんな作者が更に齢を重ねて、最新歌集『ようこそ明日』では、昂然《こうぜん》と「これよりは愛嬌よりも度胸とぞ」と言い放っているところが痛快です。「これよりは」ですから、これまでは「をみな」らしく、科《しな》を作って愛嬌を振りまくことも念頭に置いてきたのでしょうか。しかし、これからはそんな思いとはおさらばして、「愛嬌よりも度胸」こそ自分にふさわしいと言っています。これも齢を重ねた女性の言挙げとして拍手をしたくなろうというもの。

こうして見てくると、男性女性にかかわらず、齢をとって歌がおもしろくなるのは、若い時期に自らを縛っていた余計な自意識から自由になる、解放されるということが大きいのではないかと思われてきます。

私もそうでしたが、歌を作る人間というのは、どうやら男女を問わず自意識が過剰に強いという気がします。自意識が強くなければ個性の際立った歌が作れないということがあり、それは当然だとも言えますが、いっぽうで日常生活を送り、友人や恋人、伴侶と共に暮らすには、過剰な自意識は往々にして、己をも相手をも傷つけることになりやすい。

齢をとることによって、そんながんじがらめの自意識から解放され、しかも老いのユーモアを湛《たた》えた歌を作ることができるのであれば、それもまた齢をとることの賜物《たまもの》の一つであるのかもしれません。

あかるすぎる秋のまひるま百円の老眼鏡をあちこちに置く

小島《こじま》ゆかり　『雪麻呂』

私よりだいぶ若い作者ですが、まだまだ若いと思っていた小島ゆかりが老眼鏡を必要としていると聞いて、愕然《がくぜん》とすることも確か。しかし、このあっけらかんとした表現は、変にもったいぶった女性の老いを軽やかに跳び越えている爽やかさがあって、好きな歌です。

下句「百円の老眼鏡をあちこちに置く」がいい。百円ショップで買ってきたものでしょう。自意識に縛られている若い頃には「百円の」は決して歌に持ち込まれない表現であったはず。それを軽やかに言ってのけたところに、小島ゆかりの老いの今後を予感させてくれるような気がします。

単なる笑いと、ユーモアは別のものです。ユーモアが人間の全体性から出てくるものであるとすれば、狭隘《きょうあい》な自意識から解放されたところにこそ、上質のユーモアも自然に醸し出されてくるものに違いありません。齢をとることによって、それが手に入るのであれば、老化もまた楽しからずやと思わないでしょうか。

老後と金　いのちの維持費が少しかかります

庶民にとって、老後の生活を考えるときに、まず思い浮かぶのは、生活費、すなわち金の問題ということであるのかもしれない。

もちろん誰もが、人生のさまざまな場面で、生活のための金のことは頭のどこかに置きつつ暮らしてきたはずでしょうが、多くの人々にとって、否応なく職を離れるという時期が訪れ、それまで定期的に入ってきていた収入がなくなる、そんなとき、さてこれからの人生をどのように過ごしていけばよいのか、その基盤としての生活費の問題は嫌でも考えなければならない問題になってくるでしょう。

老衰をわがするまでにかかるという数千万円をかなしく思う
藤島秀憲《ふじしまひでのり》　『オナカシロコ　短歌日記２０１９』

藤島秀憲はまだ六〇代前半の作者ですが、ふと自分が死ぬまでにどのくらいの金がかかるのかと考える。そんな報告、あるいは広告を見たのかもしれません。死ぬまでにかかる費用、もちろん作者はまだ現役で、若いからこそ死ぬまでの費用が多く算出されるのですが、それにしてもとその額に愕然《がくぜん》とする。これから老後を迎えようとする多くの人の、誰もがそんな思いを持ったことがあるはずです。

老いが見えてくるとまず思うことが、「先立つものは金」ということになるのでしょうか。

そう言えば、ことわざのなかでも「金」に関するものはもっとも多いものの一つなのかもしれません。「地獄の沙汰も金次第」「金の切れ目が縁の切れ目」「いつまでもあると思うな親と金」「悪銭身につかず」「借りる時の地蔵顔返す時の閻魔顔」「色男金と力はなかりけり」「金は三欠くにたまる」「金と子供は片回り」「貧乏人の子だくさん」。まだまだ思い浮かぶはずです。

因《ちな》みに「金は三欠くにたまる」の「三欠く」は義理・人情・交際を欠くとの意味。そんなものを大事にしていたら金はたまらないということで、まあ、なるほどと言うほかはありません。最後の二つは似ていますが、金も子供も、あるところにはあり、無いところには無いというのが「金と子供は片回り」。一方で、金持ちには跡継ぎがない苦労があり、貧乏人は子だくさんでこれも苦労。世はまことに皮肉なものという意味でもあります。どれにも実感のあるのが、悔しいところ。

近代短歌には「貧しさ」が堂々と

老いということを少し離れて、近代短歌から綿々と続いてきた大きなテーマに「貧しさ」ということがあったと言うことができます。現代短歌においても、戦後から高度経済成長期までの歌には、貧しさが色濃く漂っています。

はたらけど
はたらけど猶《なほ》わが生活《くらし》楽にならざり

ぢつと手を見る

石川啄木《いしかわたくぼく》『一握の砂』

おそらくこの歌を知らない日本人は皆無でしょう。さほどいい歌とも思えないのですが、なぜこんなにも有名になったのか、歌の運命ということも思わせる一首でもあります。啄木と聞いただけで、多くの人は「ぢつと手を見る」を連想してしまう、ほとんどことわざ化した一首と言ってもいい。

この例外的な一首以外にも、近代から現代にかけての歌には、貧しさを詠《うた》った歌は枚挙にいとまがありません。

妻を見て寒く笑ひぬ貧しきは面《おも》を合せて泣く暇も無し

与謝野鉄幹《よさのてつかん》『鴉と雨』

米代《こめだい》を握る夕辺（ゆふべ）のこの誇りやうやく淋しくならんとするも

松倉米吉《まつくらよねきち》『松倉米吉歌集』

一夜（ひとよ）寝て明日は支払ふ銭なるを布団のしたに敷きてしたしく

吉植庄亮《よしうえしょうりょう》『開墾』

晶子《あきこ》が家計を支えていたといわれる与謝野家ですが、あまりの金のなさに互いに顔を見合わせて、「寒く笑ひぬ」というのが実際だったのでしょうか。泣いている暇もないほどに切羽詰まっていたのでしょうか。時代が下って「生活がせつぱつまれば笑ひあふ不気味なるわらひともならずにわれら」（『紺』）という山田《やまだ》あきの歌もありますが、どんづまりまで来てしまったとき、もう笑うしかない、薄く寒い笑いが思わず漏れてしまうということになるのでしょう。

松倉米吉は、久しぶりに得た金で米を買うことができる。うれしく誇らしい思いで家を出たのでしょうが、ほどなくそれが淋しさに変わる。なんというみみっちい喜びであろうかと、己に嫌気がさしたのかもしれません。吉植庄亮もそれに近い思いでしょう。せっかく得た銭ではあるが、それは明日は支払いに出て行ってしまう金である。それを大切に、あるいは名残を惜しむように「布団のしたに敷きて」寝るというのです。己の戯画化といった気配も見えますが、実感でもあったのでしょう。

これらにとどまりませんが、この頃の歌を読んでいると、貧しさを詠うことに詰屈《きつくつ》感があまり感じられないのが不思議です。みんなが貧しい時代。誇りとまでは言わずとも、貧しさを詠うことに羞恥や屈辱感といったものはほとんど感じられません。お互いが貧しさを詠うことである種の共感を得て、かすかな連帯の意識もあったのでしょうか。どの歌も、顔を上げて貧しさを詠っているように感じられます。

歌にいへば貧しきことも楽しけれどかかる生活《くらし》は見られ度くなし

中島榮一《なかじまえいいち》 『指紋』

中島榮一は、歌のなかに詠えば「貧しきことも楽しけれど」、しかしこんな実際の生活はとても人様に見せられるものではないと詠っています。これがまさに貧しさを詠った多くの歌人に通底する意識だったのかもしれない。あまりにも実際の暮らしが厳しいから、せめて歌のなかで貧しさを恥じることなく堂々と、楽しげに詠おうとしたのかもしれません。

貧しさのなかの女性の生き様

生活の苦は、家計を預かる女性にこそもっとも強かったはずと思うのですが、近代の歌集のなかで貧困を詠った女性の歌をなかなか思い出しません。女性歌人そのものの数が少なかったことももちろんあるのでしょうが。

水晶の印に透きゐるわが名押す百に足らざる金銭のため

齋藤《さいとう》 史《ふみ》 『風に燃す』

夫の脊広の終《つひ》の一着を吊しつつ金欲《ほ》るこころよろめかむとす

森岡貞香《もりおかさだか》 『白蛾』

米呉るる家漬物をくるる家ぬくぬくと我は貧しさに居る

石川不二子《いしかわふじこ》　『牧歌』

齋藤史の歌が作られた一九六二（昭和三七）年は、彼女が長野へ住居を移して一〇年。歌誌「原型」を創刊した年でもありました。「百に足らざる金銭」とは百万円なのでしょうか。当時の齋藤史が金銭に困っていたとは考えられませんが、いずれにせよ金を引き出すために印を押したのでしょう。自分の名が透けて見える水晶の印に、すべての信用が刻されていることを改めて思ったのかもしれません。

森岡貞香の一首は、夫が亡くなり、一子を抱える寡婦となったときの歌です。残された夫の背広。その「終の一着を吊しつつ」、さてこの一着を金に換えるべきかどうかを思案している。「金欲るこころよろめかむとす」は、金を欲する心がよろめこうとするのか、金を欲する心へよろめこうとしてしまうのか、ちょっとわかりづらいところですが、夫の形見として大切な一着を、金に換えたいとまで思わせる生活状態だったのでしょう。たぶん金に換えることはなかったのだと思いますが、切ない一首です。

石川不二子は、東京農工大学農学部を卒業後、大学時代の仲間とともに島根県三瓶《さんべ》開拓地の農場に入植し、牧畜経営にあたりつつ歌作を続けました。地元農家との付き合いの中で、米や漬物などをもらいつつ、それを当然のように生きている自分を、「ぬくぬくと我は貧しさに居る」と、批判的に、これでいいのかと見ている歌でもありましょう。しかし貧しさを肯定している雰囲気もあり、自分たちの苦しくも貧しい営みにある種の誇りを持っていたのだろうと思います。

齋藤史は後年、身体障がい者一級となった夫と母の介護、看取りに己の生涯の長い時間を充てることになり、森岡貞香は若くして亡くなった夫の代わりに、女手一つで息子を育てることになります。石川不二子は、男たちに交じって、自分たちの理想とした共同生活を貫くことになりますが、いずれも、現在のような男女平等などとは遥かに隔たっていた時代に、女性の自立を模索し、実行してきた生き様が歌に反映されている作者たちだと言うことができるでしょう。

年金の歌を軽やかに

老後の生活を支えるものとして、年金はなくてはならない大切なもの。当然、年金の歌は多いかと思いきや、歌集などを探しても、きわめて少なかったというのが私の印象です。歌人が裕福で年金など必要としていないという訳はないはずですが、なぜか歌になりにくいのでしょうか。代わりに、一般の投稿歌にはおもしろい年金の歌を多く見出すことができます。

年金で生きていくため生きている証の葉書出しに行くなり
矢田紀子　朝日歌壇2007・2・26

銀行の監視カメラに御辞儀して嬉しく下ろす初の年金

中学を出て働きしご褒美にこの頃年金友より多し

三ツ松秀夫　朝日歌壇2006・5・8

浅上　薫　朝日歌壇2010・1・11

年金をもらうためには、まだ生きていることを証明しなくてはならない。そのために葉書を出しに行くというのが一首目。年金で「生きていくため」「生きている証」が必要というところがおもしろい歌です。二首目は、初めて銀行から年金を下ろす緊張を詠います。監視カメラのなかの作業であることが緊張に拍車をかけるのでしょう。「監視カメラに御辞儀」というところがなんとも微笑《ほほえ》ましくも哀《かな》しい一首になっています。

三首目はちょっとわかりにくいでしょうか。中学を出てすぐに働かなければならない事情があった作者なのでしょう。同級生たちへの鬱屈した思いもあったでしょうし、実際の給料なども、大学を出て働いていた連中よりは低かったのかもしれない。しかし、一方で彼らよりずいぶん早くから働いてきたおかげで、年金の額は彼らより多いよと詠っています。張り合っているというわけではないのでしょうが、恵まれなかった自分の境遇を、それでよかったのだと慰めているという気分でしょうか。

職退きて精神《こころ》は楽になりましたいのちの維持費が少しかかります

大建雄志郎　朝日歌壇２００５・12・19

この一首は、次の「定年と退職」の章に取っておきたいような一首ですが、軽妙な語り口が魅力の歌です。定年になって精神的にはずいぶん楽になったけれど、その分、これからは「いのちの維持費が少しかかります」というのです。

生活費は確かに命の維持費ではあるのですが、それに加えて、これからは医療費がどんどん増えてくるはずです。これから命を閉じるときまでの維持費の総額を考えると、最初に挙げた藤島秀憲のように「数千万円」になるのかもしれませんが、「少しかかります」と言ってのけたところを買いたい一首です。

わが死後に葬儀代など要る金を置きたる場所を子に伝へおく

岡田独甫　朝日歌壇２０１７・９・18

岡田独甫さんは、独特のユーモアをたたえた歌を作ることで、朝日歌壇のなかでもファンの多い投稿者でした。お寺の和尚さんでしたが、もったいぶったところがなく、こんなことを言って檀家には大丈夫かと選者をやきもきさせるような歌を平気で出してくる方でした。

「朝日歌壇」には、「番外地」というコーナーが年に一度ほど設けられます。その一年に投稿された歌のなかで、秀歌としては採られなかったが、選者を笑わせてくれた「おもしろ短歌」を採り上げて紹介するものです。読者にも好評で、本欄よりも、どう見ても「番外地」狙いだろうと思われるようなおもしろい歌が多く寄せられたりもします。独甫さんも「番外地」の常連でした。

数年前に亡くなったのですが、これはその前の作。亡くなる少し前まで投稿は続いていました。僧侶といえども葬儀代なども同じように要るのでしょうか。その金を確保して保管してある場所を子に伝えておくというのです。自分の死後の準備もしっかりしておく和尚だったのでしょう。

定年と退職 〈一身上の都合〉にすべて収めたり

会社人間、企業戦士、エコノミックアニマル、モーレツ社員など、さまざまの言葉で呼ばれてきた日本の、特に高度経済成長期のサラリーマンたち。年代的には、私もまさにその世代にあたりますが、そんな会社人間にとって、やがて確実にやってくる定年という時間は、人生においてポジティブにもネガティブにも、そして実生活においても精神生活においても、計り知れない大きな転換を迫るものであることはまちがいありません。

私の場合は、国立大学の定年より少し前に私立大学から声をかけていただき、そこで一〇年間、そしてそのあとは、企業の持つ研究施設（ＪＴ生命誌研究館）で仕事をさせてもらっていますが、さすがにサイエンスの学会などに行くと、国内でも国外でも、ほぼ最長老という年齢になってきました。

一方で、歌の世界ではなお高齢で活躍しておられる歌人が多くおられ、例えば朝日歌壇の四人の選者（馬場《ばば》あき子、佐佐木《ささき》幸綱《ゆきつな》、高野《たかの》公彦《きみひこ》と私）のなかでは、今もなお私が〈最若手〉。「古希過ぎしわれを『この子』と時に呼ぶ馬場あき子なら　ま、仕方がないか」（朝日新聞新春詠、２０２３・１・１）なんて歌も作ってしまうという次第。しかし、個人的にはこの二つの世界のギャップのなかに身を置いている幸せを感じています。

小説家などの場合は、小説を書くことそのものを職業としている方が多いのかもしれませんが、歌人の場合は、なかなか歌人として生きていくのは経済的には辛《つら》いところがある。正業としての職があり、それをこなしながら歌人としての仕事もしているというのが大多数の生き方であるようです。

そんななかで、定年まで職を持ち続けながら、歌人としての仕事をこなしていく場合と、あるところで、サラリーマンとしての職を自発的に終えて、歌人としての仕事に専念する場合があるようです。

定年まで勤めるか、それ以前に辞めるか

最近、私の親しくしている、二人の中堅歌人が職を終えることになりました。最近出たばかりの、二人の歌集から挙げてみましょう。

きつぱりと教師を辞めぬ理由《ゆゑよし》を問ひ質《ただ》しくるひとりありたり
大辻隆弘《おおつじたかひろ》『樟《くすのき》の窓　短歌日記２０２１』

ここは私がゐる場所などではないのだと長く思ひて職を続け来つ
同

大辻隆弘は、岡井隆《おかいたかし》のあとを受けて、現在「未来」短歌会の代表ですが、一方で高等学校の教師を続けてきました。一首目は、どうして潔く教師を辞めて歌人に専念しないのだ、と問い詰める友人がいたのでしょうか。もちろん大辻自身にも、自分のもっともやりたいことに専念したい、すべきだという思いがあったからこそ、その友人の言葉が胸に刺さったのでしょう。

二首目にその回答の一部が披瀝《ひれき》されていますが、「ここは私がゐる場所などではないのだ」、つまり教師をやっていることに対する裡《うち》からの否定的な問いかけを抱えつつ、職を続けてきたのが大辻隆弘の人生でもあった。

もちろん大辻の場合も、経済的理由だけからではないでしょうし、教師としての喜びも誇りもおもしろさもあったはずですが、なぜ歌人に専念しないのかという問いは、多くの歌人が共通して持っている悩みでもあったはずです。

大辻がとにもかくにも定年までを勤め上げて退職したのと対照的に、それより少し若い吉川宏志《よしかわひろし》は、定年前に退職するという道を選びました。

〈一身上の都合〉にすべて収めたり指冷えながら便箋を折る　　吉川宏志『雪の偶然』

罵声におびえる職場になりてしまいたり辞めるのは抗議か逃げか分からず　　同

書類すべてシュレッダーに呑ませたりこんなに軽くなるか、抽斗《ひきだし》　　同

私は「塔」短歌会の主宰を一〇年余り前に辞めましたが、その後を継いでもらったのが吉川宏志でした。職を辞するにあたって、本当は歌人として生きていくという思いを、しっかり退職の理由に書きたかったのかもしれません。しかし、実社会のロジックのもとでは、そんな甘い理由など一笑に付される恐れがあり、なにより、自分のそんな純粋な思いなど伝わるはずがないとい

う諦めが、「〈一身上の都合〉にすべて収め」て辞表を提出することになったのでしょう。

二首目の歌では、その退職の理由の一端が「罵声におびえる職場」になってしまったことにあったことも明らかにされます。しかしなお、自らが望んだその自主退職が、「抗議か逃げか分からず」というところに、深い懊悩《おうのう》も見てとれるでしょうか。

しかし、ようやく自ら決心して罵声におびえるような職場から離れられる、その喜びは三首目に表れています。苦労して集め、保管しておいた資料などをすべて「シュレッダーに呑ませたり」。それらの書類を消去した抽斗は、「こんなに軽くなる」のか。その軽さには、当然、それまでの重い拘束からの解放感も反映されているでしょう。

惜しまるることなく去りし寂しさもあはれ一夜《ひとよ》をすぎて静けし

大辻隆弘『樟の窓』

コロナ禍に送別会のあらざるがむしろ清《さや》けく花冷えを去る

吉川宏志『雪の偶然』

二人にともに送別会中止の歌があるのがおもしろいと思いました。コロナ禍で、送別会が開催されなかったのですが、それを大辻隆弘は「惜しまるることなく去りし寂しさ」と詠《うた》い、一方吉川宏志は「送別会のあらざるがむしろ清けく」感じながら、職場を去るというのです。忸怩《じくじ》とした思いも抱えつつ、しかし教師として最後まで全うした大辻には、送別会で自らの定年を惜しんでくれる機会のないのを寂しさと感じたのでしょうが、辛い職場から自ら去ろうとしている吉川には、送別会などないことが「むしろ清けく」感じられた。ここにも二人の職の離れ方が大きく影を落としているようです。

昼の勤め人、夜の文筆家

少し上の世代の退職の様子を見てみましょう。

階段を踏みくだりつつ中間《ちゅうかん》の踊り場暗し勤《つとめ》を今日去る

宮《みや》　柊二《しゅうじ》『多く夜の歌』

雨負ひて暗道《くらみち》帰る宮　肇（はじめ）　君絵を提げ退職の金を握りて

同

宮柊二が、富士製鉄を依願退職したのは一九六〇（昭和三五）年、四八歳のときでした。北原《きたはら》白秋《はくしゅう》の創刊した歌誌「多磨」の後継誌として「コスモス」を創刊し、歌人としてどんどん仕事が増えていったこと、選歌をはじめとする仕事で生活の目処《めど》が立ったことなどが決意を促したのでしょうか。歌集『多く夜の歌』の巻末小記には、

「この八年間は、作歌時間が夜に限られてきました。自分のものとした夜の時間を、絞るやうに大切にして、作歌して来たといふ実感があります。実生活者と作家を綺麗に分割して生きてみたい、といふ計劃《けいかく》に従つただけのことでありますが、何時か夜といふものが、何か切実で象徴的なものになつてゐました。」

と記していますが、「実生活者と作家を綺麗に分割して」生きることが難しくもなってきたのでしょう。

しかし、階段を下りつつ踊り場の暗さに逡巡するのは、勤めを終えるその日になっても、ほんとうにこれでいいのかといった思いを完全には振り払えていなかったのかもしれません。

二首目では「宮肇君」という自分への視線が大切でしょう。昼の存在たる宮肇君が、記念の絵と退職金を提げて夜の道を帰る。宮肇から宮柊二への、もう戻れない道でもそれはあったはずです。歌集『多く夜の歌』は、夜にしか存在しなかった宮柊二という歌人が、昼も含めて全人的な歌人になる節目の歌集でもあったのです。

友人たちはこう言った

こうして文筆に専念することになった宮柊二でしたが、それできっぱりと吹っ切れたわけでもありませんでした。

生き生きてわが選びたる道なれど或ひはひとりの放恣にあらぬか

宮　柊二『多く夜の歌』

同じ一連の歌。「生き生きてわが選びたる道なれど」、しかしこれは、結局は自分一人のわがままなのではないだろうかと、自ら問い直さざるを得ない。職を捨て、胸を張って一本の道を歩き出すことに、なお逡巡が付きまとう。

われに職を退けよと会ふごと迫りたる吉野秀雄をおもへり今は

宮　柊二『多く夜の歌』

早く職をやめろと何度も忠告してくれていた吉野《よしの》秀雄《ひでお》の言葉を思い出したのも、そんな自らの決心をなんとかなだめようという心の動きでしょうか。彼もそう言っていたのだし、この決心はまちがっていなかったのだ、と。

この一首からは、先に挙げた大辻隆弘の「きつぱりと教師を辞めぬ理由《ゆゑよし》を問ひ質《ただ》しくるひとりありたり」がすぐに思い出されますが、同じような友人の言葉で逆の場合もあることを、島田修《しまだしゆう》二《じ》が詠っています。

定年まで待てととどめし誰彼の手を握り来ぬこの竟《つひ》の日に
島田修二『渚の日日』

答なき問に真向《まむか》ふごと生きて職をはなれしひととせを過ぐ
同『東国黄昏《とうごくこうこん》』

島田修二も定年前に勤め先であった読売新聞社を依願退職したのでしたが、「この竟の日に」島田が手を握って別れてきた誰彼は、「定年まで待てととどめし」友らであった。もう少し我慢して定年まで勤めれば退職金も違うのだし、などと強く諫《いさ》めたのでしょうか。そんな忠告にあえて耳を塞ぎ、退職を決めた島田も、やはり職を離れた一年間は、「答なき問に真向ふごと生き」なければならなかったと詠うのが二首目です。

宮、大辻、島田、三様の友からの忠告ですが、どれも自分のこととして考えれば、友ならではの、胸を熱くする言葉であったに違いありません。

退職の願《ねがひ》容れられ晴れ晴れとせる顔としも寄りゆけば言ふ
宮 柊二『多く夜の歌』

はればれとしたる顔など見ざりしと勤めの日々をいま妻の言ふ
田谷《たや》 鋭《えい》『田谷鋭全歌集(歌集未収録)』

勤めを終えるというのは、寂しくはあっても、一方でこれまでにない解放感を与えてくれるものでもあります。宮柊二は、依願退職の願いが容れられ、誰からも「晴れ晴れとせる顔」をしていると言われて、改めて、それまで昼と夜の両立に関わる長年の苦悩を抱えて来た自らの月日を思ったのでしょうか。

田谷鋭は長く国鉄に勤め、国鉄の労働現場を多く歌に遺していますが、最後の六年間は、交通医療協会で過ごしました。「かへりみて四十五年の職歴の末の六年《むとせ》を心にとどむ」と詠《よ》むごとく、田谷の場合は勤めを誇りにも思い、最後まで充実した勤務であったようですが、勤めている間、「はればれとしたる顔など見ざりし」と言った妻の一言が、強く胸に刺さったのでしょう。そんなに暗い顔を見せていたのかと、改めて自らの長い勤務を振り返ったに違いありません。

給料をもらい、雇われの身であってみれば、多かれ少なかれ、意に沿わぬこともこなさねばならず、サラリーマンの悲哀は、決して田谷一人のものではなかったはずです。

定年とは給料を断たれるということ

言うまでもなく、誰もが職業を持たざるを得ないのは、生きていくため、収入を得るためであります。定年ということは、職を退くということは、今後の給料が無くなるということであり、これからの生活設計をどうするのかは避けて通れない問題ではあります。そんな、定年後の金を意識した歌のなかでふっと笑ったのが、次の一首。

かすかなる利殖を求め退職金の一千万を保険に移す

大辻隆弘　『樟《くすのき》の窓　短歌日記2021』

およそ株や利殖などという世界とは縁遠い大辻でしょうが、まとまって入ってきた退職金を、とりあえず保険に移したというところに、ちょっととぼけた感じがあって、いかにも庶民のいい味が出ていると思ったことでした。

夫が定期的に運んでくれる給料が無くなるということは、家計を預かる妻にはより切実な問題でもあります。

月一度「給料」とある入金はこれが最後と記帳して気づく

上野智子　朝日歌壇2021・4・18

定年のわが給料を仏壇に供えて妻の祈りのながし

小林　昇　朝日歌壇2000・10・8

前章「老後と金」でも紹介したように、老後のために必要な金、その唯一の収入源である給料が、これからは無くなる、そんな厳しい現実を突きつけるのが、定年という人生の節目でもあるのでしょう。

精神的な定年の捉え方を多く見てきましたが、給料といった現実の問題を直接詠った歌はとても少なく、これは歌人が裕福だからということではなく、歌になりにくい素材ということなのでしょう。

死ぬまで現役・再雇用　そののちの一日一日の細部は見えぬ

会社や国家・地方公共団体など、組織に雇用されて働いている人間にとっては、「定年」という抗《あらが》いがたい規制があります。経験も積み、これからが自分の能力をもっとも有効に活用できると思っているときに、否応なくやってくる定年に、悔しい思いを持った人も多くあるでしょう。

定年は、しばらく前までは五五歳が多かったのですが、現在では六〇歳がもっとも平均的なところでしょうか。六五歳定年という企業も徐々に増えてきているようです。

今から三〇年ほど前の一九九二（平成四）年、百歳の双子の姉妹として有名になったのが、「きんさん、ぎんさん」でした。一〇〇歳でも元気で、よく食べ、よくしゃべる姿がテレビで放映され、一種のブームを巻き起こしたことは、まだ多くの人の記憶にあることでしょう。その頃は、一〇〇歳というのは珍しく、さらにあれほど元気な一〇〇歳が珍しかったからこそ、テレビはこぞってその姿を放映し、一般庶民のマスコット的な存在として、皆を元気づけたのでしょう。

当時全国で一〇〇歳を超えた方、すなわち百寿者（センチナリアン）の数は、四一〇〇人を超えていましたが、わずか三〇年でその数は二〇倍を超え、二〇二二年現在九万人余りになっているとのことです。日本は、まさに世界に冠たる超高齢者社会。

ついでに言えば、一一〇歳を超えた方をスーパーセンチナリアンと呼び、これも驚くべきことに一五〇人近くおられるとのこと。

さて、こうなると職場が人生のすべてであったという、かつての男たちの現実からはるかに遠く、定年後の人生をどのように生きるかは、避けて通れない問題として真剣に考えなければ、老後という長い時間を過ごすことができなくなります。

職を退く決意はあれどそののちの一日一日の細部は見えぬ

小高《こだか》 賢《けん》『液状化』

「そののちの一日一日の細部は見えぬ」に実感があるでしょう。これまでに経験したことのない日々がやってくる。それがどういうものであるのか、周りの人々の様子は知ってはいるものの、自らのこれからの生活としては、どうにも「細部が見えぬ」ということなのでしょう。

もちろん現在では再雇用という制度があり、希望するすべての雇用者に、六五歳までの仕事の継続の機会が与えられますが、その選択も含めて、定年後の人生の楽しみ方は人さまざまでもあります。

第二の職場

人生の終わりを徐々に知らしめていよいよ長き晩年がくる　大島史洋《おおしましよう》『ふくろう』

新しき交流などはもはや無き齢《よわい》とあるをしばらく見つむ　同

大島史洋は私より数年歳上の長年の友人ですが、定年を迎えたのちの日々に、このような歌を作っています。九六歳を過ぎた父の生きざまや、法事で会った従弟などを見つつ、己のこれからの人生を思ったのでしょう。身近に目にするもののさまざまが、己に「人生の終わりを徐々に知らし」め、「いよいよ長き晩年」と思うほかはない。また「新しき交流などはもはや無き齢」ということを肯定せざるを得ないこれからの時間。決して大島史洋に特殊な思いではなく、誰もが多かれ少なかれ、このようなある種諦念にも似た思いを感じざるを得ない。

大島史洋は、もう一度職を得るということはなく、現代歌人協会の理事長の責をまっとうし、そののち引退をしましたが、定年を一つの区切りに新たな職につく歌人も当然多くいます。

職をうしなひ又職を得て働きて過ぎ去《ゆ》きはやき一年なりき

樋口賢治《ひぐちけんじ》『鰊《にしん》ぐもり』

足の爪伸びの早きもわが知りて職退きし後の一とせ過ぎむ

扇畑忠雄《おうぎばたただお》『地下道』

答なき問に真向《まむか》ふごと生きて職をはなれしひととせを過ぐ

島田修二《しまだしゅうじ》『東国黄昏《とうごくこうこん》』

職を去ったのちの日々を詠《うた》った三首をあげましたが、三者三様に、職を離れたのちの一年の過ぎゆきの早さを詠っているところがおもしろい歌です。樋口賢治が詠っているように、これまで長く勤めてきた日々の時間の流れと、それからいったん切り離されたのちの時間の流れにはおのずから差があり、新生活に入った慌ただしさもあって、あっという間に一年が過ぎたと感じられたのでしょう。
一年が過ぎ、職を離れたのと同じ季節が巡ってきて、もう一年かという思いと、働くことにのみ没頭していたかつての日々があまりにも遠く感じられることの、相反する思いが交錯していたのかもしれません。

元部下の指示に従い仕事する週に三日の継続雇用
小島　敦　朝日歌壇2022・2・20

職場には元の課長と前課長互いに気兼ねする再雇用
同　同　2022・6・12

あるよなこんなこと、と思わずにやりとしてしまう二首。ただでさえ複雑な職場の人間関係が、再雇用となっていっそう複雑になったということでしょうか。一首目から、作者自身が再雇用の身であると想像されますが、そうすると、二首目は、再雇用になって新しい職場に配属されると、そこには「元の課長と前課長」の二人がすでに働いていたということになりますか。あるいは、自分がその二人の課長のどちらかなのかもしれない。はっきりとはわかりませんが、再雇用制度の現場の複雑な人間関係を詠っておもしろい歌ではあります。

十七年（二〇〇五）日向市若山牧水記念文学館館長になる。六十二歳。

「牧水さん、僕でいいですか」酒も歌もとても足許にも及ばねど

伊藤一彦《いとうかずひこ》『言霊《ことだま》の風』

二十五年（二〇一三）四月　山梨県立文学館初出勤

いつくしき雪嶺が待つ龍太が待つ洟《はな》垂れ小僧の遠き日が待つ

三枝昂之《さいぐさたかゆき》『遅速あり』

いずれも教師を辞めたあと、少し間をおいて文学館の館長を務めることになったときの歌です。若山牧水《わかやまぼくすい》は言うまでもなく近代歌人としてもっとも著名な歌人の一人ですが、現代において牧水の価値をこれほどまでに高めたのは、宮崎における伊藤一彦の力を措いては考えられません。その伊藤が牧水記念館の館長になるとき、「牧水さん、僕でいいですか」と言いながら記念館に入っていくのがおもしろい。

三枝昂之は、生まれ故郷山梨の文学館の館長になりましたが、故郷にある文学館には、「いつくしき雪嶺」とともに、彼が師とも仰ぐ俳人飯田龍太《いいだりゅうた》と、彼自身の幼き日の「洟垂れ小僧」が彼を待っていると詠います。いずれも第二の仕事として、大きな任についた心の昂《たかぶ》りが感じられ、羨ましいような歌です。

休館と自宅待機を要請し館長初日の仕事を終へる

永田和宏　「短歌」２０２０・６

私は二〇二〇年よりＪＴ生命誌研究館の館長として勤めるようになりました。京都大学、京都産業大学に続いて、三度目の職場となります（若い頃、森永乳業の中央研究所を辞めていますので、正確には四度目の職場というべきでしょうか）。

ところが、館長として出勤したのが二〇二〇年四月。まさに新型コロナウイルス感染症の緊急事態宣言が出されたちょうどそのときにあたり、私の館長としての初仕事が、休館を決定することと、館員には自宅待機を命ずることになってしまいました。まことに冴えない出発で、伊藤や三枝と好対照ですが、まあとりあえず今も勤めています。

置いてきた働き者の影法師第二の職場にまたついてくる

佐々木史子《ささきふみこ》　『おしゃべり時計』

担《かつ》ぎだこ取れし今でももの見れば一度はかついでみたくなるのよ

山崎方代《やまざきほうだい》　『右左口《うばぐち》』

佐々木はNHKのディレクターとして短歌番組などの担当もし、自らも歌を作る歌人でしたが、彼女は再雇用されたのちも、前の職場に置いてきたはずの「働き者の影法師」が、新しい職場でもまた顔を見せて、自分をどんどん働かせてしまうと嘆きます。これは嘆きではなく、自らの振り払えない性格への自恃《じじ》の思いでもあるでしょうか。

山崎方代の場合は、定年とは関係ありません。太平洋戦争時、ティモール島の戦闘で右目を失明し、のちに左目もほとんど見えないまでになりながら、「漂泊の歌人」とも呼ばれるごとく、全国を放浪して歩いたことで知られています。傷痍《しょうい》軍人として靴の修理の技術を学んで生計を立てていたはずですが、担ぎ屋のような仕事もやったのでしょうか。何か荷物を見れば、条件反射的に「かついでみたくなるのよ」に哀切な響きが感じられます。

生涯現役

サラリーマンには否応なく定年がやってきて、新しい生活を模索せざるを得なくなりますが、自営業の場合は、生涯一つ仕事に打ちこめるという場合もあります。

完熟の牛糞堆肥の湯気のなかパワーショベルも踊つてゐるぞ
時田《ときた》則雄《のりお》『ポロシリ』

なにゆゑに百姓をしてゐるのかと問はるれば答ふ　大いなる遊び

完璧に輝く場所はどこにある薯《いも》掘つてゐる　ここだよ　ここだ　　同

白骨となるその日まで百姓をすると決めしがぐらついてゐる　　同

『オペリペリケプ百姓譚』

時田則雄は、十勝の大自然のなかで、広大な畑を耕しつつ百姓であることを誇りに生きてきた根っからの「野男」です。「牛糞堆肥の湯気のなか」が働く場、職場であり、自らの輝く場所は、薯を掘る場であることを「ここだよ　ここだ」と胸を張って言うことができるのが時田則雄でもあります。

時田にとって、百姓は「大いなる遊び」と言い切ってはばからない職でもあり、ある意味、こんな幸せな人生もないと思わせられます。生涯現役を貫き、「白骨となるその日まで百姓」であり続けるのが時田の生き方なのでしょうが、その時田にして、しかしなお、その決意がぐらつくことがあるところ（四首目）に人間性のぬくもりも感じられると言うべきでしょう。

定年後、何かに打ちこむ楽しみ

再雇用も生涯現役もありですが、定年後は働くことをすっぱりと辞めて、何か仕事以外に打ちこめることを見つける、あるいは遊びを楽しむことも、これまでになかった交友関係、新しい友人を作るといった努力も、どれも大切な意味のあることでしょう。

自治会の保健部長せし一年でわが会釈する人の広がる

高橋幸穂　朝日歌壇2011・3・7

先に挙げた大島史洋は、「新しき交流などはもはや無き齢」と自らの年齢を自覚しましたが、この作者は、自治会の活動に参加することによって、「新しき交流」を得た喜びを詠います。

一般に男は、ビジネスの場を離れて、フリーの立場で人間関係を構築するのが苦手なように見えます。会社などで高い地位を占めていた人ほど、その傾向が強いとは一般によく言われるところでもあります。私自身も、人見知りが強いほうで、見ず知らずの人と打ち解けた関係を作るのが苦手な人間ですが、やがて職を離れ、家にこもるようになるときを考えると、地域の人たちとの付き合いの仕方は、真剣に考えなければならない問題だと思ってはいます。

一方、定年後、自分で打ちこめる楽しみを歌にしている歌人もいます。玉井《たまい》清弘《きよひろ》は高校教師を終えたあと、一念発起して四国八十八か所の巡礼を始めました。お遍路さんですね。

初めての遍路に挑戦したときの心躍りは、長歌「いのちかがやく」となって、歌集『谷風《こくふう》』に載せられています。長大な長歌であり、全部を引用できないので、その一部分を三か所に分けて引用します。

定年の　のちの心を　これからの　生みつめんと　阿波の国　霊山寺《りようぜんじ》より　先達《せんだつ》の　みちびきうけて　経あぐる　すべも学びぬ　土佐の国　この土地よりは　覚悟して　ひとりになりぬ

しぶき降る　一日《ひとひ》歩みて　這う這うに　宿に至れば　両の足　できたる肉刺《まめ》に　階《きざはし》を　踏むもかなわず　かろうじて　室戸に着きぬ

身を離《さか》る　心自在に　若き日に　受けていし愛　つぎつぎに　あふれいできぬ　父母にむくいざること　妻子らに　わびたきことの　とめどなく　うかび出で来ぬ　戦いに逝きたる兄と　早く逝く　歌の友らと　語らいて　土佐路あゆみぬ　いくたびも　涙あふれて　手の甲に　ぬぐいやりつつ　わたつみの　光を目守《まも》る　得しものは　何と問われて　笑うより　すべなけれども　身と心　軽くなりたり

玉井清弘　『谷風』

引用一節目、定年後の心を見つめるための遍路であることが記され、二節目は、慣れぬ歩行の厳しさに、宿に着いても階段も登れなかったことに、同情と笑いが誘《いざな》われます。このあとに、順路で媼《おうな》から茶とパンを施されて思わず涙があふれたこと、また道端の男に礼をすると、その男から合掌され、驚いて飛びのいたことなどが述べられ、巡礼初心者の初々しさが微笑《ほほえ》ましいかぎりです。

引用第三節では、歩きつつ心に浮かんできたさまざまが詠われます。父母、妻子、戦争で亡くなった兄、歌の友ら、彼らとの心のなかでの対話を通じて、「得しものは　何と問われて　笑うより　すべなけれども」と言いつつ、しかし確実に「身と心」が軽くなったというのです。

道中のこのような自らへの対話こそが、玉井清弘にとっての遍路の意味であるのかもしれません。

二周目を歩き終わりてなに見えしなんにも見えずまた歩くべし

玉井清弘　『屋嶋《やしま》』

その後、また歩き始めて二度目の結願《けちがん》を成した玉井清弘は、それでも「なんにも見えず」と三度目の挑戦を決意します。そして、すでに三巡目の遍路も結願したというから驚きです。

この飽くなき挑戦は、人生後半の生き方として、やはり羨ましいものではないでしょうか。自らを見つめるために歩く、歩き通して、ゴールに辿《たど》りつき、しかしなお満足、納得できなくて、さらに挑戦する。そのような打ちこみ方ができる方途を見出したという一点だけでも、玉井清弘にとっての、職を離れた後の人生の意味があったと言うべきなのかもしれません。

四国八十八か所の遍路は、一巡で全長一四〇〇キロ。これを三巡すれば、四二〇〇キロになります。日本列島の北の択捉島《えとろふ》から、沖縄の与那国島《よなぐに》までがおよそ三〇〇〇キロだといいますから、玉井清弘はそれをはるかに上回る距離を歩いたことになります。その精神と身体の強靭さには驚くばかりです。

しかし、そんな取り憑《つ》かれ方は、私にはよくわかる気がします。実は私も、京都の三条大橋から東京の日本橋まで、旧東海道を一人で歩きはじめ、後期高齢者になった七五歳でそれを達成しました。ちょうどコロナ禍で歩けなかったことを含め、三年かかってしまいました。

それでやめておけばいいものを、いままた中山道を歩き始めています。私の場合は、玉井清弘のように、求道者的な敬虔さはありませんが、単なる楽しみとしてこの街道歩きを楽しんでいます。なによりうれしいのは、歩き通せたという満足感と、京都と東京の間をほんとうに歩いたんだという自信でしょうか。誰の助けも借りず、自分の足だけで確かに成し遂げたこの距離は、東京への出張のたびに、新幹線のぞみの窓を見つつ、しみじみと感じるところでもあります。

老いらくの恋・秘めたる恋

天の怒りの春雷ふるふ

一九四八年（昭和二三）一一月三〇日、川田順《かわだじゅん》は京都、鹿ケ谷《ししがたに》法然院にある川田家の墓の前で、自殺をはかります。死には至らず翌日発見されることになったのでしたが、川田が谷崎潤一郎や、新村出、吉井勇《よしいいさむ》らに遺書を投函していたことと、新聞社へも告白録的な文章をおくっていたこともあり、この自殺未遂の顛末《てんまつ》は大きく報道され、「老いらくの恋」という言葉が巷間《こうかん》を賑わせることになりました。

老いらくの恋

川田順は、佐佐木《ささき》信綱《のぶつな》に師事し、歌誌「心の花」の創刊に参加、また北原白秋《きたはらはくしゅう》や木下利玄《きのしたりげん》などと「日光」を創刊するなど、歌人として精力的な活動を続けていました。

一方で、川田順は、住友総本社の常務理事としての重責を担う実業家でもありました。次には住友の総帥としての総理事と目されていた一九三六（昭和一一）年、自らはその器にあらずと突然住友を退社し、歌人に専念することになります。

数年後妻を亡くし、その後京都に移り住むことになりますが、その京都で、六二歳の順は、二七歳齢《とし》の離れた鈴鹿俊子《すずかとしこ》との恋に陥ることになります。鈴鹿俊子は京都帝国大学教授中川与之助の妻でしたが、俊子が川田順に歌の指導を受けるようになり、二人は急速に惹《ひ》かれあうようになったようです。

樫《(かし)》の実のひとり者にて終らむと思へるときに君あらはれぬ

川田　順『東帰』

俊子への思いを長い連作とした「裸心」の冒頭歌です。「樫の実の」は「ひとり」にかかる枕詞《まくらことば》ですが、樫の実の堅さが心にもかかり、「ひとり者にて終らむ」と堅く心に決めていたのに、といった心情をもそれとなく表しているでしょう。妻亡きのちを一人で生きていくつもりであった川田順の前に、美しい人妻俊子が現れたわけです。

別れ来てはやも逢ひたくなりにけり東山より月出でしかば

川田　順『東帰』

板橋をあまた架けたる小川にて君が家へは五つ目の橋

同

先の一首に続く歌ですが、なんとも微笑《ほほえ》ましい歌です。少年が恋人を恋うような初々しさに満ちている。いま逢って帰ってきたばかりなのに、すぐまた「逢ひたく」なって東山の月を見上げているというのがいい。京都では家の前に小川が流れているところが多くありますが、俊子の家もそんな場所にあったのでしょうか。「君が家へは五つ目の橋」と覚えてしまったというのが、なんとも素直で、これが六〇半ばの男性の歌とはちょっと思えないくらい。紛れもなく、人を恋うることは、人を素直に、無防備にさせ、しかも童心に帰ったような感性の初々しさを引き出すものだということを実感させてくれる歌でもあります。

しかし、この逢瀬《おうせ》、この恋は狭い京都の町で、人に知られることとなってゆきます。俊子が人妻であったこと、しかも京都帝国大学教授の妻であったこと、加えて相手の川田順が帝国芸術院賞の受賞者であり、皇太子の歌の指導役、歌会始詠進歌の選者などを担い、誰もが知る高名な歌人であったこと、これらのことから不倫の噂は、川田を出口のない暗闇に追い込んでいくことになります。

相触れて帰りきたりし日のまひる天の怒りの春雷ふるふ

川田　順『東帰』

つひにわれ生き難きかもいかさまに生きむとしても生き難きかも

同

人目をはばかる短い逢瀬のあと、別れ帰ってきた川田にとって、不意に襲ってきた春雷は「天の怒り」と聞こえたに違いありません。俊子の夫への謝罪に出向いて行ったこともありましたが、それも（当然のことながら）厳しく拒否されてしまい、いよいよ罪の意識が川田を縛ることになってゆきます。

「生き難きかも」が二度繰り返される二首目の歌は、単純な構成でありつつ、四句目の「生きむとしても」が切なく響きます。何とか生きようとしても、まさにその生きる願いを拒む力が、世間という名の暗黙の非難として覆いかぶさってくる。川田に自らの命を断つ決心へと、じりじりと追い詰めたものは、その無形の非難であったはずです。

法然院、川田順の墓

命を取り留めた川田順は、翌年、一九四九（昭和二四）年俊子と結婚し、〈世間〉から逃げるように、神奈川県足柄下郡《あしがらしも》の国府津町《こうづ》（現・小田原市国府津）へ「東下り」のように居を移し、ひっそりと暮らすことになります。歌集名『東帰』は、東へ帰るを意味しています。

足柄のふもとの田居《たゐ》に胆《きも》ふとく新らしき生《よ》を創《はじ》めなむとす

川田　順『東帰』

庭さきに七厘《しちりん》するゑて煮《に》炊《たき》する妻のすがたも目馴れ来にけり　　同

新しい生活を始める心躍り、そして生活の場をともにすることによって、これまでとは違った親近感を感じる妻の姿、それらが素直に表現されて、そこはかとない喜びの感じられる作品に変わってゆくのが感じられます。前年までの「裸心」の苦しさから、これらの作品へと読み進むと き、川田順夫妻に訪れた平穏な生活の喜びを共有しているような気分にもなってきます。

その後藤沢市辻堂に越した夫妻は、順が一九六六年（昭和四一）、八四歳で亡くなるまで平穏で幸せな生涯を送り、妻俊子はさらに長く生き、二〇〇六年（平成一八）九六歳で亡くなりました。

ここまで川田順の「老いらくの恋」について、少し長く書き過ぎてきた感がありますが、これには少々個人的な思い入れがあります。

京都法然院の墓地は、亡き妻河野《かわの》裕子《ゆうこ》との若き日のデートコースでした（拙著『あの胸が岬のように遠かった――河野裕子との青春』〔新潮社、のちに新潮文庫〕）。学生時代はしょっちゅう法然院の墓地を歩いていましたが、谷崎潤一郎、河上肇の墓があり、九鬼周造の墓と並んで、川田順の墓があります。それらを順に経巡りながら、数え切れないほど何度も歩いたものでした。

ところが、数年前、NHKのドキュメンタリーの撮影でそのコースを歩いたとき、川田順の墓が無くなっていることに驚きました。更地になっており、ご住職に尋ねると墓仕舞いがされたとのことでした。

私は、河野の墓は作らないと宣言していました。骨はわが家の窓辺のサイドボードのなかに、同じ頃死んだ猫の骨と一緒に納まっています。それでいいと思っていたのですが、突然、川田順の跡地ならここに河野の墓を作ってもいいんじゃないかと思ったのです。そこは二人がもっとも愛着を籠めて歩いたところだし、寂しくはないかもとも。

墓の衝動買いというのは我ながらおかしなことですが、そんな訳で、川田順の墓の跡地に河野の墓を建てることになりました。お隣りが九鬼周造先生でちょっと窮屈かもしれませんが、内藤湖南はじめ、いろんな方もおられるので、楽しい場所になるかもしれない、などと思っています。

まことに不思議な縁だと思っていますが、そんな事情から、川田順が以前とはまったく違った、身近な歌人になってしまいました。彼の「相触れて帰りきたりし日のまひる天の怒りの春雷ふるふ」などは、岩波新書の『近代秀歌』にも採り上げたのですが、今回は、それを書いていたときとはまったく違った親近感を抱きながら、これを書いている自分をおもしろく思ったことでした。

妻ごみに君ゐる岡の家居には潮《うしほ》のおとを常に聞くとふ

斎藤茂吉《さいとうもきち》『つきかげ』

足柄の箱根のやまのおくに来てありのままなる茂吉と対《むか》ふ

川田　順『東帰』

茂吉は、失意の川田順を京都の北白川に訪ねたことがありました。その茂吉を、こんどは川田順が国府津から、箱根強羅《ごうら》の茂吉の別荘へ訪ねたこともありました。その折、順の家からは海が見え、潮の香がすると聞いた茂吉が作ったのが一首目です。茂吉と順は同い年、同時期に歌会始の選者をしていたこともあり、交流がありました。

川田順が自殺をはかったとき、茂吉にも遺書を送っていたようです。そのあとすぐに自らの行動を詫びる葉書も出したのですが、それに対する茂吉の手紙が痛快なので、紹介しておきましょう。北杜夫《もりお》の『茂吉晩年――「白き山」「つきかげ」時代』（岩波現代文庫）からの引用です。

拝啓あゝおどろいた。あゝびつくりした。むねどきどきしたよ。どうしようかとおもつたよ。しかし電報拝見安心したが、無理なことしてはいかんよ。お互にもうじき六十八歳ではないか。レンアイも切実な問題だがやるならおもひきつてやりなさい。一体大兄はまだ交合がうまく出来るのか。出来るなら出来なくなるまでやりなさい。とにかく無理なことしてはいかんぞ。おぬしも甕江《（をうこう）》先生（永田注：順の父、漢学者・貴族院議員）の細胞をうけついだ人間ではないか、身体髪膚《はつぷ》をいたゞいたのではないか。みだりなことをしてはいかんよ。兎に角、たまには上京しろよ。ぼくはチヤシユーメンでもおごるよ。あゝおどろいた。もうこの老山人のおどろくやうなことしてはいかぬぞよ（この結句、天理婆さん調）敬具　4/XII 午後　童馬老人　夕陽居大人御中

いかにも茂吉らしい文体ですが、そのくだけた調子のなかに、川田順を思いやる感情が強く感じられる、心がぽっと温かくなるような手紙ではないでしょうか。

斎藤茂吉・愛の手紙

斎藤茂吉が、川田順の恋愛事件に強い感情移入を示したのは、茂吉自身も「老いらくの恋」の経験があったからに違いありません。他人事《ひとごと》とは思えなかったのかもしれない。

永井ふさ子の『斎藤茂吉・愛の手紙によせて』（求龍堂）によると、二人が初めて会ったのは、一九三四年（昭和九）九月一六日、子規《しき》三十三回忌歌会が向島百花園《むこうじまひゃっかえん》で催されたときだそうです。ふさ子が初めて出席した歌会でしたが、初対面の挨拶を交わす機会があり、ふさ子の父が正岡《まさおか》子規と幼友達で、子規のことを「のぼさん」と呼んでいたことなどを話したのだそうです。恐らくふさ子の美貌の故でしょうが、茂吉は一目で気に入ったようで、後年ふさ子に、あのとき「あなたを食事に誘おうと思ったのに、いつの間にかいなくなっていた」と漏らしたといいます。

百花園の「運命めいた邂逅《かいこう》」（北杜夫『茂吉彷徨――「たかはら」～「小園」時代』［岩波現代文庫］）

から四〇日ほどの後、茂吉は奥秩父への吟行にふさ子を誘い、土屋文明《つちやぶんめい》たちも一緒に散策を楽しみましたが、その折の、

川の瀬に山かぶさりてあるごときはざまも行きぬ相語《あひかた》りつつ

斎藤茂吉『白桃』

は、おそらく初めてふさ子を意識して作られた恋の歌でしょう。茂吉はその頃、妻の輝子のいわゆる「ダンスホール事件」で「精神的負傷」を負っていた時期でした。輝子を含むいわゆる上流階級の夫人たちが、ダンスホールに通いつめ、若いダンス教師と不倫の関係になったことが、新聞各紙でスクープされ、実名報道がなされたのでした。茂吉は激怒し、大きな痛手を受けます。輝子とはその後一二年にわたって別居生活を続けることになりました。

そんな時期に、茂吉とふさ子の出会いがあり、茂吉は急速にふさ子にのめり込んでいくのでした。ふさ子の文章によると、一九三六（昭和一一）年一月、茂吉はふさ子を誘い、浅草観音に詣でています。映画を観、その映画を早々に切り上げて、馴染の鰻《うなぎ》屋へ誘います。酒を飲んでいくらか上気した茂吉とふさ子は外へ出ますが、「外に出た時にはすっかり夜になっていた。公園には人気もすでになく、瓢箪池《ひょうたんいけ》の中の水鳥をかたどった噴水が凍って、つららが光っていた。この池のほとりの藤棚の下で、私ははじめての接吻を受けた」（『斎藤茂吉・愛の手紙によせて』）のでし

た。

時に茂吉五三歳、ふさ子二五歳。川田順の場合と同じように、二八歳という齢の差ではありましたが、茂吉の昂《たかぶ》った、うぶな息遣いまでが感じられそうな場面です。

ところが、ここからがいかにも茂吉にならら起こって当然といった展開が待ち受けています。「その時であった――先生が突然私を背後にかくす様にして『巡査だ』と小さく言った。暗やみから現れた巡査は、この先生の様子を見て、かえって疑惑を抱いた様子で、『君達は何をしていたのかね』ときいた。先生は『今、そこで食事をしたので少し散歩していたところだ』と答えたが巡査は承知しなかった。『一寸そこの交番まで来い』と言う」（同）という思いもかけない成り行きになってしまいます。

小心者の茂吉が、意を決して行った大胆な行為。それが成功したと思った途端、巡査につかまって交番へ連れていかれるという展開が、あまりにも茂吉らしくて笑ってしまうとともに、私などはほのぼのとうれしくもなるような気がします。これについては、息子の北杜夫自身が「このあとがいかにも茂吉にふさわしい経過となる」（『茂吉彷徨』）とコメントしているのも、どこか微笑ましい気がするではありませんか。

山なかに心かなしみてわが落す涙を舐《な》むる獅子《しし》さへもなし　　斎藤茂吉『暁紅《ぎょうこう》』

『暁紅』は斎藤茂吉の一一番目の歌集にあたります。この一首は、一九三六年の作。箱根強羅の山荘に滞在していたときの歌と思われますが、「滞在雑歌」と題された一連のなかにひっそりと置かれた一首です。

一九三三（昭和八）年に発覚した、いわゆる「ダンスホール事件」によって、妻輝子のスキャンダルがマスコミに報道され、茂吉は輝子とは別居中です。山荘にひとり籠って、「精神的負傷」を癒《いや》していたのでしょうか。「山なかに心かなしみてわが落す涙」は、そんな茂吉の悲しみの涙でもあるでしょうし、その「涙」を舐めてくれる獅子さえも、自分にはいないことを嘆いている歌でしょう。

しかし、この一首には隠されたエピソードがあり、それを知ることで一首がまったく違った顔を持ってしまうのに驚くことになります。

七月二十五日（東京市渋谷区桜ケ丘五香雲荘内　永井ふさ子宛　箱根別荘より）
○拝啓二十四日午後四時消印の御手紙いただきました。○御手紙は鈴木様の名にして下さい。山口君でも来ると知れますから。○朝くらいうちから蜩《ひぐらし》が群鳴します。その頃起きて机に向ひますが茫然としてゐます。又夜、入浴して闇の林中を見ます。さうすると恋しい人のかほが彷彿としてあらはれます。これが現実なら飛びつくでせう。この悲しみをのぞくには恋人を憎まねばならないのでせう。ツアラツストラの洞窟の中で落す涙をば件《くだん》の獅子が舐めて

くれます。私の場合はその獅子もゐぬではありませんか、

山中に心悲しみてわがおとす涙を舐むる獅子さへもなし

○この夏の大体の御計画御しらせねがひます。○香雲荘への御たよりも、そろそろ止めねばなりませぬか、恋しい憎い悲しいめちゃくちゃです。○諦念で諦念で諦念です。○中央公論と短歌研究の歌作らうとしてゐます。獅子の歌は誰にも分らず、出してもいいでせう。○ご自愛ねがひます。（後略）

永井ふさ子　『斎藤茂吉・愛の手紙によせて』

このような歌の背景を知らなければ、ほとんどの人が読み飛ばしてしまう歌かもしれません。私も最初に読んだときは、気にも留めない一首でした。しかし茂吉にとっては、この獅子はふさ子であって欲しかった、自分の涙を舐めてくれる存在が欲しかったのです。

「獅子の歌は誰にも分らず、出してもいいでせう」が切ないですが、人に気づかれないぎりぎりのところで、しかし、自分の切実な思いはなんとか歌として発表したい。このあたりの切実さは、歌を作ってきた歌人なら誰もが実感できるところでしょうか。

人目を忍んで

茂吉が永井ふさ子に送った手紙は『斎藤茂吉・愛の手紙によせて』に収録されているものだけでも一五七通にのぼります。初期の手紙は、再三にわたる茂吉の強い要請でふさ子が焼いてしまっているので、実際にはさらに三〇通以上あったとは、ふさ子自身が述べているところです。

六月六日（松山市一番町　永井ふさ子宛　青山自宅より）
○まぼろしに見江くるきみにうつつなる言かよはずば堪へがてなくに
○手紙は二人ぎりで、絶対に他人の目に触れしめてはなりませぬ。そこで御よみずみになら
ば必ず灰燼にして下さい。そうして下さればつぎつぎと、心のありたけを申しあげます、さ
もないと心のありたけは申しあげられませんから、虚偽になります。これを実行して下さい
ますか、いかがですか、わが心君に沁みなば文等《ふみら》をば焔《ほのほ》のなかにほろぼしたまへです。（後
略）

「わが心君に沁みなば文等をば焔のなかにほろぼしたまへ」と歌まで作って、焼却を要請してい
るところがいかにも茂吉ですが、このときに限らず、手紙を送るたびに、毎度のように焼き捨て
るべきことを求めています。

手紙の発覚だけではなくて、ふさ子とのことが外部に漏れるのを極端に怖れていた茂吉は、手
紙をどのように出すかまで細かく指示しているのです。たとえば、「○封筒の上には御父さんの
御名で宿所かかずに、守谷誠二郎宛にねがひます。守谷からわたるのは、少しおくれますが、ど
うぞさうして下さい。○もし東京にいらしても、小生の処には電話かけずに下さい。そして守谷
を通じて御手紙下さい、封筒に宿所なしに、○東京の宿所と電話番号御しらせ願ひます」（六月
一五日付け）といった具合。

なんとも窮屈なことですが、当時すでに有名人となっていた茂吉ですから、小心という以上に、このくらいの慎重さは当然のことであったのかもしれません。つい数年前には妻輝子のスキャンダルに曝《さら》され、醜聞というものに必要以上の警戒を持ったのは無理もないところでしょう。歌人としての名声のほかに、よく知られた斎藤病院の院長としても、どうしても秘めておかなければならない恋であったことは言うまでもありません。

日蝕《につしよく》の日は午後となり額《ひたひ》より汗いでながら歩《あゆ》みをとどむ

斎藤茂吉『暁紅』

おぼほしきくもりの中に天《あま》つ日《ひ》は今こそは欠《か》けめ見とも見えぬに

同

これら二首を見ている限りでは、そこにふさ子の影は微塵も感じられませんが、実はこの日食を、茂吉がふさ子と一緒に見たのであったことをふさ子自身が明かしています。その逢瀬にも、いかにも茂吉らしい思わぬ展開がありました。

この日蝕の日を先生と共に野道で仰いだ。荻窪駅で待つ様に、との約束で、新宿中央線ホームに来た時、カンカン帽を少しあみだに被った先生の姿を見つけて私は近寄った。先生は非常にドギマギした様子で、何か聞きとれない言葉をつぶやいている唇がかすかに震えているのに気がついた。——とおもうと逃げる様にホームの階段を下りてゆかれた。意外のところで出逢ってしまったので、人目をひどく恐れる先生が度を失ってしまったのだと気がついたので、折からホームへ入ってきた電車に私は乗った。先生は有名人であるだけに人に対して臆病だった。その点、私から見れば、やり切れないおもいで、時には「余り人をおそれすぎる」と、面と向って愬《(うつた)》えることもあった。永井ふさ子『斎藤茂吉・愛の手紙によせて』

荻窪駅で待ち合わせをしていたはずなのに、新宿駅で思わずふさ子と出会ってしまった。まだ心の準備ができていない茂吉が狼狽《ろうばい》し、「逃げる様にホームの階段を下りて」行ってしまったのでしょう。ふさ子も「折からホームへ入ってきた電車に」飛び乗ったというところが哀れですが、お互いに人目を忍んでの逢瀬であり、それがまた二人の心に熱い思いを煽《あお》ったのかもしれません。時には「余り人をおそれすぎる」と愬えもしつつ、ふさ子もそのような逢いのなかで、次第に茂吉の思いを受け容れていったようです。

ほのぼのと清《きよ》き眉根《まよね》も歎きつつわれに言問《ことと》ふとはの言問《ことどひ》

斎藤茂吉『暁紅』

この一首は歌集のなかでは「映画中」という小題のもとに発表された歌です。映画の一場面を捉えた一首と思われます。しかし、これは実は「秘歌です」として、ふさ子への手紙にしたためられた歌だったことが、茂吉の手紙からわかります。

箱根の明神ヶ岳に登ったときのことを伝え、「古へ《（いにし）》の苦行僧のやうな気持で甘美なりし心のつぐなひをしようとしたのでしたが、峠をわたり乍《（なが）》らむらむらとふさ子さんがおもひだされてくるではありませんか、ぼくは古への修行僧と雖《（いへど）》も恋をしていけないといふ法はないとつくづくおもひ乍ら山上を歩いたのです。『三ケ月の清き眉根を歎きつつわれに言問《ことと》ふとはの言問《こととひ》』はものになりますか、秘歌です」と書き送っています。ふさ子への「秘歌」を「映画中」とカモフラージュしながらでも発表したくてならなかった茂吉。恋は年齢を問わないことをしみじみと伝えるエピソードではないでしょうか。

茂吉とふさ子との恋は、北杜夫など、家族もいっさい知らなかったといいます。茂吉の死後、一〇年経って、ふさ子によって手紙が公開されるまでは、表には出ないものでありました。しかし、佐《さ》藤《とう》佐《さ》太《た》郎《ろう》、山口《やまぐち》茂《も》吉《きち》といったごく近しい弟子たちには、内々に打ち明けていたようですし、アララギ会員の何人かは当時すでにそれを知り、茂吉に直接意見を言う会員も居たようです。

佐藤佐太郎は、『斎藤茂吉・愛の手紙によせて』の末尾に、「あの頃の茂吉先生と永井ふさ子さん」という文章を寄せています。「先生が恋愛をしていることを知ったのは、昭和十一年十二月十八日だった」として、その夜の茂吉の言葉を書き留めている。

二三のアララギ会員がいろいろあることないこと噂をしている、といって、「僕なんかあと生きてせいぜい十年くらいなもんだ。そっとしておいてくれてもいいと思うんだがね。最近いろいろ材料を集めたから、君と山口とに聞いて貰うようにする。そういうことを知っていてくれたまえ。今日も高安《たかやす》（やす子）さんが来たが、ぷんぷんして帰してしまった。（中略）とにかく、根もないことをいろいろ噂されて先生が迷惑した事実を知っていてほしいという意図のもとに先生は話をされたのであっただろう。

個人的には、ここに高安やす子の名が出てくるところに驚き、興味がありました。高安やす子は、私の師、高安国世《くによ》先生の母であり、茂吉の高弟でありました。茂吉の日記に「十二月十八日旧十一月五日　金曜　蒸暑し、小雨〔削除〕午後古写真等を焼却す。午后午睡。高安やす子来る。ツンツンして返す。〔以下削除〕」という記述があり、高安の弟子の間では、この箇所はよく知られていました。

しかし全集版で日記を読む限りは〔削除〕部分が載せてあれば様子がわかったのかもしれませんが）、なぜ高安やす子が「ツンツンして」帰ったのかはわかりません。佐太郎によれば、どうやら茂吉の恋の噂を聞いた高安やす子が茂吉に意見をしに来たのでしょう。茂吉が聞き入れようとしないので、ぷんぷんして帰ったのかもしれません。

人間茂吉のいとおしさ

永井ふさ子に宛てた茂吉の手紙のなかで、もっともよく知られたものは次の手紙でしょうか。

北杜夫の『茂吉彷徨』のなかでも「有名な次の手紙」として紹介されている。

十一月二十六日（手交）

○ふさ子さん！　ふさ子さんはなぜこんなにいい女体なのですか。何ともいへない、いい女体なのですか。どうか大切にして、無理してはいけないと思います。玉を大切にするやうにしたいのです。ふさ子さん。なぜそんなにいいのですか。○写真も、昨夕とつて来ました。とりどりに美しくてたゞうれしくてそわ《ママ》そわ《ママ》してゐます。併《（しか）》し、唇は今度からは結んで下さい。又お笑なるならば思ひきつて笑つて下さい。丁度私のまへでお笑になるやうに笑つて下さい。さうでないなら、すましてください。○私が欲しいのですから、電通でもう一つとつて下さい。代は私が出します。写真は幾通あつてもいゝものです。ふさ子さんの写真は誠に少い。ほかのお嬢さん方は年に十はとりますよ。今度の御写真見て、光がさすやうで勿体ないやうにおもひます。近よりがたいやうな美しさです。（後略）

読むほうの顔が赤くなるような手紙で、これが五〇半ばの「老翁」の文章かと思うと、いっそう茂吉という人間がいとおしくなってしまいます。しかし、茂吉は全身をかけて永井ふさ子への思いを伝えようとしている。焼いてさえくれれば、「心のありたけを申しあげます」と言っていた通り、老いの全身をかけて、二八歳の年齢の差を越えようとしていたのかもしれません。

永井ふさ子が茂吉の手紙を公開したことに対しては、賛否両論があります。何よりも、あれだけくり返し、読んだ後は焼却するように求めていたものを公開した永井ふさ子に対して顔をしかめた茂吉の弟子やファンも多かったのですが、私はこの「愛の手紙」によって、人間茂吉の魅力は大きく膨らんだと思っています。

幾つになっても、人を恋うる思いは制御できないものでしょう。小心で臆病、過剰に人目を怖れながら、そして決して成就することのない恋であることは初めから知りつつも、「心のありたけ」を綿々と訴えずにはいられなかった茂吉という歌人に、人間としての一途さといじらしさ、純粋さを感じざるを得ません。

茂吉の「老いらくの恋」を、「あの茂吉が」と嘲笑的に受け流してしまう傾向がありますが、何事にも〈本気〉でぶつからざるを得なかった茂吉の本質が、ある意味、もっとも典型的にあらわれたのが、ふさ子との恋愛であったのかもしれない。茂吉の手紙は、（ここでは触れられなかったずるがしこさも含めて）そんな茂吉の人間そのものを、照らし出してくれる貴重な資料となっているはずです。

二年後、郷里の松山に帰り、結婚直前まで行っていたふさ子は、どうしても茂吉との再会への思い断ちがたく、再び上京して、三か月を過ごします。どのように別れたかの詳細はわかりませんが、郷里に帰ったふさ子は病《やまい》に倒れ、その後、婚約相手の強い要請にも首を縦に振ることなく、生涯独身をつらぬくことになりました。ふさ子が亡くなったのは一九九三（平成五）年、八二歳であったといいます。

離婚・再婚　ライオンバスがそんなに好きか

男と女として

大西民子《おおにしたみこ》の第一歌集『まぼろしの椅子』には、夫の背信から離婚へ至る過程が、リアルに詠《うた》われていて、読みつつ苦しくなるほどです。大西の代表作としては、

かたはらにおく幻の椅子一つあくがれて待つ夜もなし今は

大西民子『まぼろしの椅子』

がもっともよく知られ、歌集のタイトルともなっていますが、背信の夫を待ち続ける若い妻の哀切な思いは、歌壇に衝撃を与えるとともに、多くの読者を得ることにもなりました。

大西は結婚後、一〇年の別居を経て離婚することになりますが、その間、夫が長く家に帰らな

い日々が続きます。

別れ住むと知らず来《こ》し君が教へ子ら九時まで待たせて帰しやりたり

大西民子　『まぼろしの椅子』

有名なのは「幻の椅子」の一首ですが、私は個人的には、この一首にもっとも大西らしさが表れていると思っています。教師である夫のもとに、教え子たちが遊びにやってきたのでしょう。夫とは別居状態にあると告げ、追い返してもいいはずなのですが、それでは学校での夫の立場を悪くすることになるかもしれない。「どうして今日はこんなに遅いのかしら」などと、菓子など振る舞いながら九時まで待たせて帰らせたのでしょうか。

夫の背信に傷つきながら、それでも夫の立場を考えて対応してしまう作者。そこに大西の切ない優しさは覆いようもありませんが、だからこそ、次のようなことも起こる。

酔へば寂しがりやになる夫なりき偽名してかけ来し電話切れど危ふし

大西民子　『まぼろしの椅子』

共に死なむと言ふ夫を宥《なだ》め帰しやる冷たきわれと醒めて思ふや

同

別れてしまってから、今度は夫のほうが寂しくなる。偽名まで使って、電話で声を聞きたがったのでしょうか。この段に至って、一緒に死のうと家にやってきた。それを宥めて、とにかく帰してやった。そんな自分を冷たい女だと思っただろうかというのが二首目です。

まことに身勝手な男の弱さであり、叱りつけたいような気さえしますが、いっぽうで、そんなだらしない男の弱さ、寂しがり屋の身勝手さが、自分にはないと言い切れないところに、男の一人として、心の痛む歌でもあります。

岡井隆《おかいたかし》も離婚を経験した一人でした。前衛短歌の旗手として、塚本邦雄《つかもとくにお》、寺山修司《てらやましゅうじ》たちとともに歌壇を牽引する存在でしたが、一九七〇（昭和四五）年に突然、消息がわからなくなり、歌壇に衝撃が走りました。後にわかったことですが、彼が「新樹」と呼ぶ二〇歳ほども年下の女性と、九州へ逃避行を企てたのでした。

岡井にはそれまでに、すでに二度の結婚歴があり、子供もいたのですが、いままた北里研究所付属病院の医師としての仕事を捨て、ある意味絶頂期にあった歌壇の仕事を捨て、そして妻子を捨てて行方をくらましました。五年間、その行方は杳《よう》としてわかりませんでした。

泣き喚《さけ》ぶ手紙を読みてのぼり来《こ》し屋上は闇さなきだに闇

岡井 隆『鵞卵亭《がらんてい》』

子殺しにちかしとぞいふ一語をもななめ書きして手帖古《ふ》りたれ　　同

具体的な内容については何も述べられてはいませんが、この「泣き喚ぶ手紙」は、おそらく女性、まだ籍を抜くことのできていない女性からの手紙であったのだろうと想像されます。その手紙を読むために、あるいはその手紙を読んだあとの気持ちを整えるために屋上に上ってきたのでしょうか。屋上には、ただ闇しかなかった。「さなきだに」は「そうでなくてさえ」「ただでさえ」に近いニュアンス。「屋上は闇さなきだに闇」のリフレインが、沈痛な静寂を感じさせますが、「泣き喚ぶ手紙」の内容に、困惑して立ち尽くしているといった景が見えてきます。

一首目の数首あとに置かれた二首目の歌が、それを物語っているようです。妻子を捨てて出奔したことは「子殺しにちかし」と、いつか古い手帖に「ななめ書き」していたのでしょう。そのことを、いま受け取った「泣き喚ぶ手紙」で思い出したということでしょうか。作者の罪の意識、自罰の意識が浮かびあがってくるようです。

残してきた子への思い

大野誠夫《おおののぶお》の歌集『行春館雑唱』の末尾には「五年間」という一章が設けられ、この歌集の作品の背景が多くのスペースを使って述べられています。その冒頭は、

「一九四九年一月、浦和の町裏の一室を借りて、自炊生活を初めた。二月中旬、妻の母が訪ねてきて、『あなたにはお気の毒で、何だか悪いんですけれど……』と口ごもり、それでもこの人の癖でつとめて明るい調子で、書類を出し、捺印してくれといつた。家庭裁判所へ提出する協議離婚の書類であつた。私はハンコを出して、渡した。真木子にも逢ひたいでせうが逢ひにこないで下さい。父親のことを忘れてしまふことが真木子の幸福だと思ひますからといつた。なるべく、さういふことにしませうと私は答へた。真木子といふのは私の長女のことである。こんなことになつてしまつたけれど、道で逢つたときは他人みたいに知らん顔をしないで、いつまでもつきあつて下さいといつた。私はさうしませうと答へた。この日を境に、五年間の結婚生活が終つた。私は再び、孤独者となり、寂寥と自由を併せ持つ境遇になつた」

淡々と書かれているところが却《かえ》ってリアルで、大野の応答の素っ気なさには、そうでもしなければ叫び出しかねないとでもいった、切羽詰まった感情を必死で抑えようとする雰囲気が感じられます。

幼子とひそかに写真を撮《と》りしこと別れねばならぬ二日前なりき

大野誠夫　『行春館雑唱』

ゴム風船買ひよろこべる子を抱きて写真を撮りき終《つひ》の写真を

ほほゑみし筈《はず》が泣顔に撮られたる写真はいまも抽出《ひきだし》にあり　同

　　　　　　　　　　　　　　　　　　　　同

『行春館雑唱』の第一章「花の絵」には、こうして別れなければならなくなった妻と子を思う歌が並んでいます。別れの二日前、幼子には何も告げず、ひそかに「終の写真」を撮る。ゴム風船に喜ぶ娘を抱いて微笑《ほほえ》んだはずだったのに、「泣顔」になってしまっていた自分の顔。どれもなんとも切ない歌で、継ぐべき言葉もありません。

「惜しみなく愛せしことも美しき記憶となして別れゆくべし」とも詠っていますが、かつては己のすべてをかけて愛した妻、その妻へのアンビヴァレントな思いに揺さぶられつつ、なお、作者の内面にあって、作者をもっとも強く責める思いは、幼い娘を手放さなければならなかったことなのでしょう。

別れては訪《と》ひしことなき妻の家この夜見にゆくほのかに酔ひて

　　　　　　　　　　　　　　大野誠夫『行春館雑唱』

妻と子のこゑをききとめし門のまへ数秒にしてわが足は過ぐ

　　　　　　　　　　　　　　　　　　　　同

この二首では、別れてから一度も足を運んだことのない妻の家をひそかに見に行ったことを詠います。結句「ほのかに酔ひて」が哀れでもあり、酒の力を借りなければとても行けなかったのでしょうか。その門の向こうから、妻と子の声が微かに聞こえる。それを耳に、逃げるように作者はその門を離れます。罪の意識ではなく、母娘で健気に生きるそのささやかな平安を壊してはならないという思いだったのかもしれません。

ふりかえる息子と背のみをみせる娘《こ》が若葉の路をただ遠ざかる
松平盟子《まつだいらめいこ》『プラチナ・ブルース』

ずぶずぶの泥水の靴履《は》きて行く夢にふたり子《ご》置き忘れたり
同『たまゆら草紙』

われの背へからだあずけて眠りたる幼き重み梅咲けば恋し
同

ふたり子を夫のもとに残して、別れることになった松平盟子でしたが、残してきた子への思いは繰り返し詠われることになります。一首目は、離婚後、子供たちとのしばしの逢いののちに彼らを見送っている歌でしょう。弟は何度も母親を振り返るのですが、姉のほうは毅然《きぜん》として背を見せるのみ。娘だって振り返りたいに違いないのですが、姉として必死に前を向いているのが母親には何も言わずともわかる。それがいっそう母親に哀《かな》しみを誘う。

夢に出てきてくれても、そのふたり子を「置き忘れ」てしまう自分がいる。これは子供たちへの罪の意識のなせるところでしょうし、今なお、「われの背へからだあずけて眠りたる幼き重み」をありありと感じて、我ながら驚いてしまうのが母親というものなのかもしれません。

いつ来てもライオンバスに乗りたがるライオンバスがそんなに好きか　小紋《こもん》　潤《じゅん》『蜜の大地』

肩車よろこぶ声は父よりも高きところに麒麟《きりん》を仰ぐ　同

夢ひらく水木《みづき》の花に沿ひてゆくお前のゐない動物園で　同

小紋潤は私の親しい友人でしたが、彼の離婚後の子を詠った歌は、親しかったが故に胸を締め付けられるものがあります。一首目は、離婚後、約束によって何か月かに一度息子と逢っていたときの歌でしょう。動物が好きなので、動物園に連れて行く。ところがせっかく動物園に連れて行っても、幼い息子は動物たちよりも、ライオンバスに乗りたがるのです。いろんな動物を見せてやりたいという父親と、ライオンバスにしか目がいかない幼子。たまに逢う一日であるがゆえに、そんなちょっとしたすれ違いがむしょうに哀しく感じられるのでしょうか。

三首目は、水木の花が夢のひらくように美しく咲いていても、少しも晴れやかな気分にはなれないと詠います。それは「お前のゐない動物園」だから。以前のような偶《たま》の逢いすら許されなくなったのでしょうか、以前よく連れてきていたことを思い出しながら、ひとり歩く動物園の寂しさ。

愛していたはずのカップルがやむを得ぬ事情で別れなければならなくなる。その悲しみと寂しさはもちろん計り知れないものでありますが、それは大人同士の感情のやり取りで何とか了解できるものかもしれない。しかし、離婚を経て、もっとも大きな傷として残るのは、大人の都合とは関係のないところで、人生の大きな転換を迫られた子供への感情であるようにも思われます。それはおそらく、引き取ったほうにも、手放さざるを得なかったほうにも、同じように償い得ない罪の意識として残っていくのかもしれません。

再婚をポジティブに

大野誠夫の「五年間」の後半部には次のような叙述があります。

「長女があそびにきて泊つてゆくことがあり、枕を並べていつまでも眠らないではしやいでゐる幼い顔をみてゐると、このまま生涯を独身で終らうかと真剣に考へることもあつた。しかし、一九五二年二月、最初の結婚生活が破れて四年目に、私はかねてから交際のあつた女人と一軒の家を持つた。浦和の郊外の麦畑の中の新しい小さな洋館を過去の一切と惜別の思をこめて、ひそかに『行春館』と名づけて住みつくやうになつた」

妻となりしひと伴ひて伊豆の奥早きわか葉の萌えいづるころ　　大野誠夫『行春館雑唱』

妻の身にめざめしいのち鮎のごとくひと日光れりわれのかたへに　　同

芝生には幼きものをあそばせむ花咲く木々を妻は植ゑゆく　　同

「五年間」に言うように、新しい妻を得、妻が子を宿し、そして次の春には生まれてくる子のために、庭に木々を植える作業にいそしむ妻が詠われています。四年前の離婚は、先妻のほうから一方的に言い渡された格好ではありましたが、その後、娘との交流もあり、このままでいいかと思っていた矢先の再婚です。新しく妻になる女性の歌は、どれも明るい色調を帯びており、来るべき未来への弾むような心躍りの感じられる三首でもあります。

離婚後の再婚に、かすかな罪悪感を持つ人も多いようです。別れて一人暮らす元伴侶や、ある場合にはそちらへ預けざるを得なかった子への、それぞれ申し訳なさは消しがたくあるでしょうし、自分だけが幸せになっていいのかと自分を責める思いも湧いてくるかもしれません。

しかし、離婚には、本来二つの意味があるのでしょう。一つには、破綻して、一緒に生活するのが苦しくなった関係を解消することによって、自由を得るという側面。これが大きな理由で離婚に踏み切ることが多いのでしょうが、いま一つの大きな意味は、その解消のうえに、より良い自分の可能性を見つけることにあるはずです。

もちろん、結婚という共同生活が自分になじまないことを悟って、独身を選択し、その分の自由を楽しむというのも一つの生き方です。しかし、より自分にふさわしいパートナーが見つかれば、もう一度、共に生活をし、子を作りという新しい可能性に挑戦することも、離婚を決意したもう一つの大切な意味でもあったはずです。それに消極的になったり、禁欲的になったりしていては、そもそも離婚という重大決心をした意味がなくなるということもあるのではないでしょうか。

大野誠夫の三首目は、歌集『行春館雑唱』の最後に置かれている一首でもあります。作者が己の離婚を、いかに意味のあるものにしたかったかを自ずから表しているものととらえておくべきでしょう。

おひとり様の老後　一人なる生うべなへと

おひとり様の老後

ある種無頼といった生き方に憧れているように見える歌人に、九州の石田比呂志《いしだひろし》という人がいました。採炭や、水道工事、あるいはキャバレーの支配人などさまざまの職業を渡り歩き、よく知られた女性歌人二人と結婚して、二度とも離婚をし、最後は一人で最期を迎えることになりました。

誰かひとりくらいは来てもよさそうなひとり暮しの夕ぐれである
石田比呂志『九州の傘』

行くところあるが如くに出でて来て行くところなき十余り五歩
同『忘八』

喧嘩っぱやく、いろいろの歌人たちと論争もしていましたが、たぶん人一倍の寂しがり屋だったのかもしれません。一人暮らし、そんな暮らしのなかで、ふと漏れた独り言に近い、「誰かひとりくらいは来てもよさそうな」という愚痴は、微笑《ほほえ》ましくも、一人暮らしの寂しさを浮き上がらせてくれます。

閉じこもっているのはまずいと、「行くところあるが如くに出でて来て」みたまでは良かったのですが、すぐに「行くところなき」自分に気づく。それに気づくまでが十五、六歩だというのです。石田ひとりの思いではなく、多くの高齢者に共通する思いなのかもしれません。

言葉使はぬひとり居つづく夕まぐれもの取落し〈あ〉と言ひにけり

齋藤《さいとう》　史《ふみ》『秋天瑠璃《しゅうてんるり》』

アジアンタムわづかに葉かげゆらしつつ一日喋らぬ夕ぐれがくる

岡部由紀子《おかべゆきこ》『父の独楽《こま》』

家族といふぬくもりなきこの家静か一合の米を磨(と)ぐ音ばかり

山本《やまもと》かね子『六花(りっか)の章』

日本中晴れて黄砂の舞ひしとぞるす守《も》る如くひと日ををれば

大西民子《おおにしたみこ》『光たばねて』

石田比呂志はともかくも外に出てみようと出かけたのでしたが、ここに挙げた女性歌人たちは、いずれも家に閉じこもる孤独を詠《うた》っています。ものを落として「あ」と言ったそのひと言だけが、今日自分が発した言葉だったと気づいて驚く齋藤史。同じく夫に先立たれた岡部由紀子も、しゃべることのなかった一日を詠い、山本かね子は米を研ぐ音しか聞こえない一人居の家に、「家族といふぬくもりなき」静けさを痛感しています。

大西民子は（誰かの）留守を守っているかのように一人籠っていると詠います。そんな風にでも思っていないとやっていられないという気分でしょうか。「行くところあるが如くに」家を出てみたという石田比呂志と、ちょっと似たやせ我慢かもしれません。

「かたはらにおく幻の椅子一つあくがれて待つ夜もなし今は」と詠った大西民子の第一歌集『まぼろしの椅子』は、背信の夫を待ち続ける若い妻の哀切な心情が多くの読者の心を捉え、彼女の代表歌集となりました。そんな大西の生涯を小高賢《こだかけん》は、「個人としての大西は、傷深い精神の欠落部をなんとか埋めたかった。しかし、日常のなかではかなわなかった。慰めきれない孤独を癒すために、短歌という容器によって、くりかえし『不運の予感』を歌わざるをえなかったのではないだろうか」（『現代短歌の鑑賞１０１』新書館）と言っています。

亡き人をあしざまに言ふを聞きをればわが死のあとのはかり知られず

大西民子　『風の曼陀羅』

ねんごろの見舞ひなりしが去りぎはに人のいのちを測る目をせり　同

こういう歌を読むと大西民子という歌人を怖いなあとも思ってしまいます。実物の大西さんはいたって温和な印象しか残っていないのですが、人を観察する犀利《さいり》な視線にたじろいでしまいそうです。

一首目は、亡き人をあげつらうような口ぶりに、私なども死んでしまえばきっとこんな風に「あしざまに」言われるのだろうと、いま自分の前で故人について言い募っている人を、距離を置いて嫌悪感とともに見やっているという歌です。

二首目は、懇ろな見舞いをしてくれた友人でしょうか。しかし去り際に一瞬だけれども、確かに自分の命があとどれだけもつものかと「測る目」をしたと見破った、あるいは気づいたというものです。それが正しかったかどうかはわかりませんが、病篤《やまいあつ》い病人は、得てしてこのような被害妄想的な受け取り方もしてしまうものでしょう。誰ひとり身寄りのいない大西であってみれば、なおさらそんな心の傾き方をしたのかもしれません。

選択としての独り

一人の老後と言っても、それには少なくとも二つの場合があります。一つは伴侶を亡くして、あるいは離婚をして、老後を一人で過ごさざるを得なくなった場合。もう一つは伴侶を持つことなく、一人で生涯を送ることになった場合です。これにもいくつかの場合があり、結婚願望はありながら、種々の制約や事情があって結婚が叶わなかった場合のほかに、断固、自分一人で生きていくと、あくまで自主的に選んだ「おひとり様」という生き方もある。

その代表は社会学者、ジェンダー論の上野千鶴子でしょうか。そのものずばりの『おひとりさまの老後』などという本もありますが、彼女は家族を作ることを自分の意思で選択しなかったと断言し、誰かと運命共同体になることを一切したくなかったとも言っています。

そのような生き方を選択した歌人はと探してはみたのですが、男女ともにすぐには思い浮かんではきませんでした。上野千鶴子のように自覚的に選択したのではないにせよ、家庭の事情によって結婚が叶わず、その結果独身を貫くことに自覚的になった歌人として、富小路禎子《とみのこうじよしこ》の作品を見ておきましょう。

処女にて身に深く持つ浄《(きよ)》き卵《らん》秋の日吾の心熱くす
富小路禎子『未明のしらべ』

寡婦の君も未婚の吾も子のなくて〝気儘《(きまま)》〟の謳歌微妙に違ふ
同

一人暮しばかり四人の病室に家族ごつこのごと援《(たす)》け合ふ
『吹雪の舞』

富小路家は二条家から分かれた公家で、京都には今も同名の富小路通が残っています。禎子は小学校から学習院に通い、中等科、高等科と進んで、女子学習院では国文を学ぶことになりますが、家はさほど裕福ではなく、特に戦後は制度改革によって失職した父の生活まで見なければならなかったのです。結婚することもなく、職を何度も変えながら、定年まで働き通した生涯でした。

一首目は、生涯独身を貫く覚悟と願いのあるゆえに、子を産むこともなく処女であり続けることと、「浄き卵」を身の奥深くに抱き続けていくことに、心を熱くしている己を詠います。富小路は晩年、結婚しなくて良かったと周りに漏らしていたそうですが、同じ子を持たないと言いながら、寡婦として子を持てなかった君と、結婚しないことを選んで子を持たなかった自分とでは、共に謳歌している「気儘」にも、おのずから微妙な違いがあると詠っているのが二首目です。

三首目では入院して、同室となったいずれも一人暮らしの四人が、「家族ごつこ」のように援けあっているのをおもしろく見ているのでしょう。両親が不和で、ついに家族らしい家族には恵まれなかった禎子でしたが、晩年になって赤の他人との病室での共同生活に、家族の片鱗を見たということでしょうか。意外にいいものだったのかもしれないといった心の傾きが感じられる一首です。

歌の友なりし五十年悲喜こもごも共に来ていま骨拾へとか

山本かね子　『六花の章』

迎へ火に帰る家なき友をおもふ然《さ》なりわれはも帰る家なし

同

富小路禎子と同じ結社「沃野」に属し、親友でもあった山本かね子は、富小路の死に際しても、身寄りのない富小路の遺品の整理をはじめ、残された歌を整理して一〇冊目の歌集としてまとめるまで、三年間をそれにかかりきりになったのでした。単に長い付き合いというだけでなく、一首目に言うように「歌の友なりし五十年」という特別に濃密な関係が、そこまでさせたのでしょう。

「迎へ火に帰る家なき友」、即ち富小路を思いつつ、しかしやはり伴侶を持つこともなくすごしてきた自分にも、同じく帰る家がないと改めて思ったのが二首目です。

残りの生を愉しく開放的に

一人になって寂しい残生を送らなければならないのは止《や》むを得ないとして、ただ寂しく閉じこもってばかりいたくないと、積極的に残りの生を開いていこうとする作者もいます。

一人なる生うべなへと湘南の陽ざし濃き地へ移りきたれり
雨宮雅子《あめみやまさこ》『夏いくたび』

沢瀉《おもだか》は夏の水面の白き花　孤独死をなぜ人はあはれむ
同『水の花』

夫亡き後の生ではあるが、それを肯定的に捉え、新しい時間を生み出すために、開放的な「湘南の陽ざし濃き地」へ住居を移したというのです。悲しむだけの時間ではなく、夫亡きのちの時間を愉《たの》しく、充実させて生きることが、すなわち夫のもっとも望んでいたはずのものであるとの強い思いがあるのでしょう。二首目の「孤独死をなぜ人はあはれむ」には、一人であることの強い矜持《きょうじ》があらわれ、これは上野千鶴子らが言い続けているところとも符合する感慨でしょう。

わたくしは死んではいけないわたくしが死ぬときあなたがほんたうに死ぬ
永田和宏『夏・二〇一〇』

死者は生者の記憶のなかにしか生きられない。私はそう思っています。写真や文字の記録としては残っても、その人のもっともいきいきとした部分は、故人と時間を共有した人間の記憶のなかにしか残らないのです。
その意味では、死者は、その人を覚えてくれている人間が生きて思いだしてやっている限りは、ほんとうには死んでいないのかもしれない。その覚えてくれている人が死ぬときに、死者は「ほんたうに死ぬ」のではないでしょうか。だから残された人間は、死者を生かしておくためにも、生き続けなければならない、私はそう思っています。雨宮雅子が、陽ざし濃き湘南へ移ろうと決心したのも、その新しい明るさのなかで、一時でも長く自分の伴侶だった人を生かし続けたい、そのためには自分も楽しく、快活な時間を持たなければならないと考えたのでしょう。

超高齢者の楽しい歌

宮崎県の社会福祉協議会が毎年開催している「心豊かに歌う全国ふれあい短歌大会」は、もう二〇年も続いているのだそうです。歌人の伊藤一彦《いとうかずひこ》が中心になって活動していますが、毎年その応募者全員の作品を掲載した記録集『老いて歌おう』(鉱脈社)も発行されています。読んでみると超高齢者の歌が多く、楽しいのに驚かされます。こんな楽しい老後の歌もあるよと紹介をしつつ、今回の話を終わることにしましょう。

叶うならあの世へ行きたいその前にトイレへ行きたい今行けるうちは
小倉サツ子(89歳)

明日死ぬ明日は死ぬと思うけどこげんされるとなかなか死ねん

大保　文枝（103歳）

すごいわね鶴は千年亀は万年あたしゃまだまだ百一でんねん

立山　秀子（101歳）

職員の目《め》艶《つや》髪《かみ》艶《つや》眉《まゆ》艶《つや》を「きれかねぇ」ほめて始まる良き日

平川スミ子（107歳）

第二部　老いの先へ

介護の歌　見届けん父の惚けきるまで

新聞歌壇などで、高齢者の介護の歌が目立って多く投稿されるようになってきたのは、いつ頃からだっただろうかと思うことがよくあります。正確に調べてみたことはありませんが、実感としては、一五年ほど前から、ああ介護の歌が多くなったと嫌でも気づくようになった気がする。「老老介護」という言葉が表しているように、まさに介護される側ばかりでなく、介護するほうも高齢化し、それに輪をかけるように、核家族化の進行により嫌でも高齢者による介護、それも伴侶の介護だけでなく、さらに高齢の父母の介護といった側面が強調されるような事態がどんどん進んできていると実感させられます。

〈ない〉ことに気づく

最近届いたばかりの歌集『終楽章』のなかにおもしろい歌を見つけました。作者は『念力家族』などでよく知られた笹公人《ささきみひと》。

浅き眠りの父を傍《かたえ》に読みふける介護の歌なき万葉集を

笹　公人　『終楽章』

前後の歌から、脳腫瘍《のうしゆよう》の父の看病のため、病院に付き添っているときの歌であることがわかります。言語機能も侵され、認知症も進行していて、目が離せません。「高円寺の生家《いえ》に帰ると札を握り真夜中のドアに手をかける父」であり、「足音に気づくのが遅れトイレへと急げば床に水たまりあり」といった父なのです。

そんな父に付き添って、作者はその「浅き眠り」の傍らに、万葉集を読んでいる。知っている歌も多くあるでしょうし、初めて見る歌もあるかもしれません。それを読みながら作者は、万葉集の歌の世界へ、いま一歩没入できないもどかしさを感じていたのではないでしょうか。そして不意に、その理由に気づく。いま読んでいる万葉集の世界と、それを読む自らの現実とのあまりのギャップに愕然《がくぜん》としたのかもしれない。そう、万葉集には介護の歌がない。

平均寿命の問題から言っても当然のことでしょうし、また万葉集の時代には、王朝和歌の時代ほどではないにしても、何でも歌にしていいという時代ではなかったことから、シビアな現実がリアルに詳細に詠《うた》われることはなかった。考えてみれば、万葉集に介護の歌がないことは当然と言ってもいいことでしょう。しかし、万葉集を読んでいて、介護の歌のないことに気づく読者は、まずいないと言ってもいい。

一般に、そこに何かが〈ある〉ことに気づくことはあっても、何かが〈ない〉ことに気づくことは、はるかに困難なことであると言えます。コンピューターの検索機能は便利で、文書のなかに紛れ込んでいる言葉を検索するのは至極簡単ですが、そこに〈ない〉言葉を検索することは基本的にできないわけです。

作者笹公人は、万葉集を読みつつ、不意に、ああ万葉集には介護の歌がないと気づいたのです。これはまさに、発見と言ってもいい。彼にとって、介護という現実が何より大きな問題として、一時《いっとき》も頭から離れることがないことを反映しているはずです。

介護によって初めて見えるもの

晴れた日の母につきそう両国の舗道の段差あらためて知る

小高《こだか》　賢《けん》『液状化』

母老いてそこより見ゆるわが町はあさにゆうべに老いばかりなり

同

家に閉じこもりがちな母を励ますようにして、散歩に連れ出したという景でしょうか。小高賢は私の友人でしたが、下町の育ちで、両国あたりは彼のテリトリーとも言える場であったはずです。そこを母の手をとりつつ、ともに歩いているのでしょう。老いた母を気遣いつつ歩いていると、自分ひとりのときにはほとんど気づくことのなかった「舗道の段差」を「あらためて知る」というのです。

二首目の歌も、同じ類の気づきの歌と言えるでしょう。母が老いて、その老いに付き添うように生活をするようになって初めて、「わが町」にはこんなに老人が多かったのかと気づく。自分に興味がなかったり、切実な問題として意識されていなかったりすると、世の中の現象は、たとえ見ていてもほとんど認識というレベルには達してこないものです。母の老いが、あるいは老いた母がつねに心にかかっている状態になって初めて、同じような老人の姿が目に入ってくる。

小高賢の二首の歌は、母の老いから開けた認識を詠っているとも言えますが、もう少し一般化して、世界の認識というもの自体、それを認識する主体の側に問題意識があることを前提として初めて成立するものだと言ってもいいのかもしれません。病気になってみないと病人の気持ちはわからないと言われたり、齢《とし》をとってみないと年寄りの寂しさはわからないと言われたりもしますが、「思いやる」とか「寄り添う」といった言葉のむずかしさを、改めて炙《あぶ》り出していると言えるのかもしれません。

誰が看るのか

二人の子ありて一人は遠くあり一人はここに母を見守る

小池《こいけ》　光《ひかる》『山鳩集』

メールにて帰省のときを繰り返し問いくる兄よ父との日々に

大島史洋《おおしましよう》『ふくろう』

親に介護が必要になったとき、誰が親の面倒を見るか。兄弟（姉妹）がいる場合には、そこにある種の葛藤が生まれることはやむを得ないことであるのかもしれない。

小池光には弟がいましたが、弟は東北に住んでいて、母親の介護は近くにいる兄の小池光がせざるを得なかった。母には二人の子があって、一人は遠くにあり、残る一人がここに母を見守るのだと、淡々と事実だけを述べていますが、そこには親を看《み》られるという安堵とともに、かすかな割り切れない思いもあったのではないでしょうか。

逆の立場から、大島史洋には兄がいて、故郷の父の面倒を兄が見てくれている。兄からは、いつ帰省するのかという問い合わせのメールが何度も来る。少しでも帰ってきて、介護の分担をして欲しいという言外の意味は、言われなくとも大島にはよくわかっていたはずです。

大島には、「夜は更けてメールに兄の言葉あり　君は暢気《のんき》でいいなあ、と」という歌もあります。介護の現場から遠く離れたところにいる兄弟には、現場の辛《つら》さ、何より弱っていく親を間近に見ている辛さなどはわかってもらいようがなく、つい「君は暢気でいいなあ」という愚痴も出てくるのでしょう。

誰にとっても掛け替えのない自分たちの親であり、その介護をするのは当然のことと思いながら、種々の事情により、誰か一人にしわ寄せが行くという例が圧倒的に多いのが現実でしょう。誰が親の面倒を見るか、放棄できない責任の所在を巡って、もっとも鋭い緊張関係を見せるのが、この親の介護という現場なのかもしれません。

東京の姉に助けを求めるもリモート介護はさすがに出来ない

堀　真希　朝日歌壇2020・8・23

大島史洋の兄の立場から詠われた歌が、この投稿歌に見られます。一人だけではなんともならない。東京の姉になんとか助けてほしいと思い、実際に助けを求めもしたのでしょうか。しかし、この作者と親の住む広島まではそう頻繁に往復できるわけでもない。「リモート介護はさすがに出来ない」とあきらめざるを得ないというのです。

「リモート介護」は新しい言葉ですが、新型コロナウイルスの感染拡大により、一気に「リモート会議」が増えたという社会現象をうまく取り入れた表現でもあります。「リモート会議」はできても、さすがに「リモート介護」は無理だよねという諦めでもあります。

一人子のわれのかなしい幸福は認知症の父を一人占めする

小島《こじま》ゆかり『さくら』

このうへもなく愛されし罰として見届けん父の惚けきるまで

同

兄弟姉妹が何人もいて、その間の人間関係の緊張に苦しむのも辛いことですが、一人っ子の場合には、すべての責任を一人が背負わなければならないというしんどさもある。小島ゆかりは一人っ子であり、自らの両親の介護のほかに、さらに夫の母親の介護をも同時期に、しかも何年も続けてきました。
「このうへもなく愛され」てきた一人っ子故の幸せ。その罰として、いま「認知症の父を一人占めする」ことになった。自嘲的な響きを無しとしませんが、その愛された記憶をよすがにして、反応の乏しくなった父を最後まで見届けようと詠います。たいへんではあっても、一人娘としての幸いの思いも確かに見えてくる気がします。

姑《しうとめ》をしかる夫《をつと》をたしなめつ血縁ならぬわれはやさしく

小島ゆかり『さくら』

夫は自分の母親である故に、叱る口調がいやでも強くなってしまう。その夫をたしなめて、やさしく姑に対処できるのは、「血縁ならぬわれ」である故だと小島ゆかりは詠います。ここにも親の介護のある種の本質が垣間見《かいまみ》えるようです。

自分の親である場合には、もの忘れがひどくなって話が通じなくなったり、勝手に徘徊《はいかい》などし始めたりすると、つい情けないという感情が先に立って、強く叱ってしまうものです。作者が夫のように険しくならないのは、「血縁ならぬ」という余裕の故なのだと言う。血のつながっていない親の面倒をなぜ見なければという感情も当然あるでしょうが、一方で、実の親でないからこそ余裕をもって面倒を見られるという側面もたしかにあるのでしょう。

人としての尊厳

初めてのオムツをした日母が泣いた私も泣いた春の晴れた日

近藤福代　朝日歌壇2020・5・3

自分でトイレに行くことがむずかしくなり、やむを得ずオムツをすることになった。母が惚けていてくれれば、オムツも抵抗なくされるのでしょうが、意識がしっかりしている老いがついにオムツに頼らざるを得なくなったときのショック。この一首では、「母が泣いた私も泣いた」と親子がそれぞれ泣かざるを得なかったところに、人としての尊厳を奪われるように感じざるを得ない、容赦のない現実が端的に表れているでしょう。

支えつつトイレに母をすわらせてパジャマをおろす夜一時すぎ

小高　賢『液状化』

排便のとき娘らを遠ざける父尊しよ紙オムツの父

はづかしきものならねどもはづかしむ力残れる裸体は哀《かな》し

小島ゆかり『さくら』

わが母は襁褓《むつき》とりかへられながら梟《ふくろふ》のやうに尊き目する

川野《かわの》里子《さとこ》『歓待』

同

オムツもそうですが、介護の現場で、介護する側も、介護される側も、もっとも抵抗のあるのが、排泄《はいせつ》の処理であるのかもしれません。

夜中に母をトイレに連れてゆき、淡々と用を足させている小高賢の一首では、母への憐憫《れんびん》以上に、かつての自分にとっての母がもはやそこに居ないという悲しさが胸を打ちます。小島ゆかりの父は、紙オムツをしていながらも、排便のときには娘である作者、あるいは孫娘たちを遠ざけるような仕草をしたのでしょう。そこにかすかに残る自恃《じじ》の思いを、さすがはわが父、「尊しよ」と、やや大げさに喜んでいる。

川野里子の歌では、風呂に入れることがかなわなくなり清拭《せいしき》をされる母が、なお女性として裸を曝《さら》すことへの羞恥《しゅうち》を見せることに驚いたのでしょう。そんな力も意識も残っていないと思っていたのに、本能的に裸体を曝すことへの抵抗を示す母に、あらためて女であることの哀しみを感じたのかもしれません。そして襁褓（オムツ）を取り換えられるときに見せた「梟のやうに尊き目」に、なお人間としての尊厳を見、それに強い慰めを得たのでしょうか。

介護からの逃避願望

父をなだめ姑《はは》をなだめて過ぎし日の夜更けせっけんの泡であそべり
小島ゆかり 『さくら』

ちちははを置きざりに今日は街に出て冬の猿《ましら》の歩みをしたり
同

三人の老いた親、しかもそのうちの二人は認知症を発症している。そんな親に囲まれた小島ゆかりの日常は、決して平穏なものではありません。すべての時間がそれに奪われるような日常なのでしょう。「父をなだめ姑をなだめて過ぎし日」。そんな一日の疲れを誰に訴えることもできないままに、夜遅く、風呂に入って「せっけんの泡で」ひとり遊びをしたのでしょうか。結句の、子供のような切ない遊びに、作者の内奥からの叫びが聞こえてきそうな気がします。

そして時には、その親たちを置き去りにして、ひとり街に出る。何か用があるわけではないのでしょう。ただただ親から解放されてひとりになりたかったのかもしれない。「冬の猿の歩みをしたり」に、その持って行き場のない感情がほとばしりでているようにも感じられます。

ああ重たいああ重たいといふ声のいづくより湧く私の声か

川野里子　『歓待』

死を願う心起こりしことなきや母看る我に問いし人あり

島村久夫　朝日歌壇2019・4・14

川野里子は新幹線で遠距離介護を長く続けてきた作者ですが、そのような過酷な日常のなかで、「ああ重たいああ重たい」という声が、無意識のままに自分から漏れていることに不意に気づいたのでしょうか。「私の声か」には、現実が如何《いか》に自分の身体を縛っているのかに気づいて、愕然としている作者が見えてきます。

自分ではできることを精一杯と思って介護に勤《いそ》しんでいるのに、周りから意外な声をかけられて驚くという場合もあるのでしょう。島村久夫の一首では、あなたはそんなに一生懸命お母さんの面倒を見ているけれど、いっそ死んでくれたらと思ったことはないのかと、人に聞かれたというのです。意外な言葉ですし、ショックで、腹立たしい言葉でもあったのでしょう。しかし、そう問われて、改めて作者は自分に問い直すことにもなった。ほんとうに俺はそれを願ったことは無かったのだろうか。

この問いは、鋭く厳しい問いではありますが、介護をする本人にも、ほんとうのところはわからないものなのかもしれません。そんなことは思ったこともないと言い切れる人がどれだけいるのか。第三者が軽々に言うことではないでしょう。いつまで続くか先の見えない日々の苦闘のなかで、ある意味では、そのような過激な問いと向き合いつつ、それでも続けなければならないのが、肉親の介護というものの現実なのかもしれません。

ケアハウスという場　いずれ母を入れねばならぬ

特別養護老人ホーム

「特養」という言葉もすでに市民権を得たようで、これだけで何の説明もなくわかりますが、この二つの漢字自体には何の意味もなく、これで「特別養護老人ホーム」を思い浮かべられるということ自体が現代の世相を色濃く表してもいるでしょう。

日本で最初に「養老院」という名称が用いられたのは、東京市芝区西久保（現・港区虎ノ門）に、日本聖公会によって設立された「聖ヒルダ養老院」だということになっています。一八九五（明治二八）年のことです。その四年後、一八九九年に神戸市下山手通に「神戸友愛養老院」が設立されますが、いずれもキリスト教の信仰を持つ女性、前者がエリザベス・ソーントン、後者が寺島《てらしま》信恵によって設立されました。
それら最初の養老院は、老衰、疾病、貧困などによって生活の困難をきたした人々を保護する目的で作られ、当初は入所できるのは女性だけだったのだといいます。その後、「養老院」から「養老施設」へと名が変わり、現在では「老人福祉法」のもと高齢者が生きがいと健全で安らかな生活を保障されるものとして、「特別養護老人ホーム」「養護老人ホーム」「軽費老人ホーム」などに分かれています。そのうち「特養」は「要介護3以上」の中〜重度の介護を必要とする高齢者が対象になります。

いずれ母を入れねばならぬ特養の資料をくらべ読む夜の妻

小高《こだか》　賢《けん》『液状化』

小高賢はいずれは母を「特養」に入れなければと心では思っているのですが、それを実行に移すことには躊躇《ためら》いがあり、ぐずぐずと何もしないままに日を過ごしていたのでしょう。ある夜、妻がいくつかの「特養」のパンフレットを読み較べているのに出会う。どの施設の介護が行き届いていて、その費用はどうか、自分たちからのアクセスはどの程度便利かなど、いざ親を預けるということになれば、可哀そうだという感情以外に、しっかりと調べ、もっともいい施設を見つけるという作業は必須のものでもあります。

そのような必要な作業を、己の逡巡を余所《よそ》にさっさと行動に移してしまう妻を見つつ、その合理的な行為に感謝しながらも、どこか釈然としないものも感じたのでしょうか。自分の親ならそこまでできるだろうか、などと。

「空きを待つ」その空きの意味思いけり特別養護老人ホーム
小山年男　朝日歌壇2008・3・10

「特別養護老人ホーム」という長い名前が全部入った一首ですが、シビアな歌でもあります。私たちは何の気なしに「空きを待つ」などと簡単に言いますが、作者はちょっと待て、とも思うのです。ここで言う「空き」とは何を意味するのか、「その空きの意味」とは何なのか。

「特養」で「空き」が出るとは、誰かが亡くなること以外ではありません。「知らぬ間に誰か消え去る日常に慣らされて行く老人ホーム」（二宮正博、朝日歌壇2016・7・25）という、より直截《ちょくせつ》的な歌もあります。

「特養」に親を送るとは、冷徹に考えれば、死への順番待ちの列に親を送り込むことなのかもしれない。人間という存在は、ある意味では死への時間待ちをしている存在なのだと言ってもまちがいではないでしょう。それは施設に送ろうと自宅で介護しようと変わりはありません。しかし、施設に預けることに対する自責の念は誰にも振り捨てがたく湧き起こる。責任回避を自らに責めるという意識から抜けられないということでしょうか。

母の部屋は四〇六番この数字与へたりしは兄とわれなり

栗木《くりき》京子《きょうこ》　『水仙の章』

栗木京子のこの一首では、下句「この数字与へたりしは兄とわれなり」に、親を施設に預けてしまったという棘《とげ》のような痛みが感じられます。名前を持った母という存在から、これからは番号で認識される存在へと変わってしまう、そんな状況に追いやったのは、「兄とわれ」以外のものではなかったという後ろめたさでもあり、悔いでもあるでしょう。

車椅子ごと抱きしめて送り出す特別養護老人ホームへ

佐々木春美　朝日歌壇2006・1・23

特養へ送り出すのが悲しいのは、生活の場を別にする、会うことがなかなかできなくなる、親の声を身近に聞いていられなくなるなど、さまざまの理由があるはずですが、一方で、他ならぬ、子である自分が決めた止《や》むなき選択としての入所であるというところに、悔しさと哀《かな》しみがあると言わねばならないでしょう。「車椅子ごと抱きしめて」は、作者の精いっぱいの愛情を込めた行為であったとともに、自分の決定を許して欲しいという必死の思いでもあったはずです。

桑原正紀の場合

桑原正紀《くわはらまさき》の妻が脳動脈瘤破裂で突如倒れたのは、二〇〇五（平成一七）年のことでした。まだ五〇代、高等学校の校長として多忙な日々を過ごすなかでの突然の出来事でした。その日より、夫の献身的な介護の日々が始まります。

耳もとで汝が名を呼べどしんとして古深井戸《ふる》のごときその耳
桑原正紀『妻へ。千年待たむ』

授業して妻を看取りて猫の世話して八箇月、年逝かんとす
同

新しき記憶たちまちこぼれゆく妻にまた言ふ「水仙咲いたよ」
同

今日よりは〈扶養家族〉となりし妻その肩に手を置けばふりむく
同

一首目の危機を脱した直後の歌から、歌集『妻へ。千年待たむ』には、妻の緩やかな回復が詠《うた》

われていきます。妻のささやかな回復に一喜一憂しつつ、妻とともに過ごす日々は苦しく悲しいはずなのに、どこか明るい色調をもって読者に届くのは、作者桑原正紀の揺るぎない愛情を読者が共有することによるのでしょうか。

われの手につかまり歩む足どりの一歩の幅が今日は大きい　　桑原正紀『天意』

病棟の果ての部屋にて待つ妻のあれば急げりもの思ひせず　　同『花西行《はなさいぎょう》』

妻病みて七年たちぬ非日常が日常となるまでの歳月　　同

病室で十四度目の年迎へする妻のため飾り付けせり　　同『秋夜吟』

いくつかの病院や施設を経て、二〇一七年より「終生を過ごすことのできる老人ホームに移りました」と歌集『秋夜吟』のあとがきにはありますが、七年といい、一四年という長い闘病の日々が、遂には作者の喜びそのものにもなるかのような心の軌跡を感動とともに感じとることができます。

「生まれきて生きて遇《あ》ひ見しこの人と今ゐることの歓喜《くわんぎ》不可思議」「この声にこの表情に逢ひたくていそいそと我は通ふならずや」（『天意』）という歌も見えますが、夫婦二人のある意味最大の不幸を、共にあることの喜びとして感じられるまでになる歳月を思わずにはいられません。

なじめない介護ホーム

これまでは、作者が親をあるいは妻を介護する、そのためにある場合には特別養護老人ホームのようなところに止むなく入所させなければならない、その精神の葛藤を詠った歌を紹介してきましたが、自らホームに入った老人が歌を作るという場合もあります。

岡野《おかの》弘彦《ひろひこ》は誰もが知る、現代の代表的歌人の一人です。釋迢空《しやくちようくう》（折口信夫《おりくちしのぶ》）に歌の指導を受け、國學院大學教授として長く国文学を講じ、歌人として数々の賞を受賞してきました。さらに宮中歌会始詠進歌選者や宮内庁御用掛として、皇室と強いつながりを持ってきました。

夫人の死去の後も一人で長く、伊豆で暮らしてきましたが、齢《よわい》九〇を超えて、東京にある特別養護老人ホームへの入居を決めました。

独り寝る　介護ホームの夜半《よは》の冷え。命の際の　師の声せまる

岡野弘彦『岡野弘彦全歌集』

身ひとつの命ささへむと　わが入りし　これの館《やかた》に　いまだなじまず

個人的には岡野弘彦さんをよく存じ上げており、私が二〇代の若い頃、一緒にサッカーをやったこともありました。岡野さんは私より二十数歳年上ですが、試合中に敵チームの岡野さんとぶつかり、私が跳ね飛ばされたことを覚えています。挙措も常に毅然《きぜん》としており、あの岡野さんが「介護ホーム」にと感慨を禁じ得ませんが、その「独り寝る　介護ホームの夜半の冷え」に、師である釋迢空の死の際の声をなまなまと聞いているところが、いかにも岡野弘彦だと言えましょう。

自ら「身ひとつの命ささへむと」と入った館ではあったが、年寄りばかりが寝起きするこの場に、いまも馴染むことができない自分を嘆くのが、二首目の歌です。この施設に入ってから九七歳で文化勲章を受章し、受章者の代表として謝辞を述べた岡野を考えると、結句「いまだなじまず」は殊《こと》に痛々しく感じられる。

私自身も妻河野《かわの》裕子《ゆうこ》に先立たれ、一人で自宅で暮らしていますが、後期高齢者の仲間入りをした今、これから一〇年先、どのように自分の生活を立てていくのかについて考えざるを得ません。まだ何の結論も得ていないというのが実情ですが、気にいっている自宅の庭のある生活を続けたいと願いつつ、しかし子供たちに迷惑をかけることになる老人の一人暮らしにいつまで固執できるのか、考えるほどにむずかしい問題でもあります。これはまた誰にもまちがいなく迫ってくる問題として、避けて通れない現代の最大の課題の一つでもあるのでしょう。

病の歌　生きて己れの無惨を見むか

死語となったサナトリウム文学

人生も後半になると、誰もが避けて通れなくなるのが病気との付き合いということになるでしょうか。

眼科に行き耳鼻科に寄りてその帰り心電図撮る今日の遠足
山内美津子　朝日歌壇2018・10・14

病院通い。それも、一日にいくつもの診療科をハシゴせざるを得ない自分の現在を、「今日の遠足」と自嘲気味に軽く詠《うた》っている歌です。目が悪くなる、耳が遠くなる、おまけに動悸が激しくなる。たぶんこの作者は、さほど重大な状況ではなく、遠足のように軽やかに各診療科の外来をまわってきたのかもしれませんが、深刻な病《やまい》になると、こんなわけにはいきません。

サナトリウム文学という言葉があります。サナトリウムとは本来は長期的な療養を必要とする患者のための療養施設を意味する言葉でしたが、それがもっぱら結核療養所の意味で使われるようになったのは、結核がもっとも患者も多く、治療がむずかしく、かつ療養が長期におよぶ病気であったからにほかなりません。

わが国のサナトリウムは、一八八七（明治二〇）年に鎌倉由比ガ浜に開設された海浜院《かいひんいん》が最初と言われていますが、海浜院はすぐにホテルに転身し、本格的なものは一八八九年、兵庫県須磨《すま》浦《うら》海岸に造られた須磨浦療病院ということになるのだそうです。もっとも多いときには国内約七〇〇施設、二六万床にまで及んだようですが、ストレプトマイシンなどの抗生物質の普及で、結核が治る病になって以降急激にその数を減らし、須磨浦療病院から一二五年後の二〇一三（平成二五）年に、最後の療養所も閉院することになりました（青木純一「日本における結核療養所の歴史と時期区分に関する考察」専修大学社会科学年報第50号による）。多くの療養所が、高齢者施設に運営形態を変えたなどと聞くと、まさに疾病《しっぺい》と社会との密接な連関を感じないわけにはいきません。

サナトリウム文学と言えば、誰もがすぐに思い出すのは、堀辰雄の『風立ちぬ』でしょうか。「風立ちぬ、いざ生きめやも」という有名な冒頭の詩句、これはポール・ヴァレリーの詩の一節ですが、意味を正確に汲もうとするとやや難解な一句でもあるでしょう。そのまま訳せば「生きようか、いやそんなことはない」と反語的に解釈するのが普通なのですが、小説のなかでは、「いや、生きよう」と反対のニュアンスで使われています。

結核の歌

サナトリウム文学と言えば、普通は小説を指しますが、短歌では小説以上に、結核を詠った、あるいは結核を主題とした歌は数え切れないほど多くが残されています。

癒ゆる望みうすく互《かた》みに若ければ亢《たかぶ》りて星を語る夜もあり　相良宏《さがらひろし》『相良宏歌集』

気胸《ききよう》が効いてゐないと君の囁きに罪びとの如くうなだれてゐつ　同

わが坐るベッドを撫づる長き指告げ給ふ勿《なか》れ過ぎにしことは　同

相良宏は一九四四（昭和一九）年、一九歳のときに結核の発病を知らされ、終戦後、東京都北多摩郡の清瀬村（現・清瀬市）にあった結核予防会結核研究所で療養をしましたが、三〇歳という若さで亡くなりました。

一首目では、こんな若い身でありながら「癒ゆる望み」の薄いことから、逆にどこか亢りに似た思いに饒舌にもなり、星などを眺めていたのでしょうか。二首目の「気胸」はもはや歴史的な言葉になってしまいましたが、気胸は肺に穴が開いて肺がしぼんでしまう状態を言います。ところが結核に治療法がなかった時代には、気胸療法というのが積極的に行われていました。呼吸によって肺が動き、病巣が広がってしまうのを抑えるために、人工的に気胸を起こして肺の動きを抑制しようという、まことに原始的な方法でした。そんな方法しかなかったのが、わずか七〇年ほど前の現実だったのです。

三首目は、療養所の歌会で出会った福田節子を詠ったものですが、節子は宏より二年先に亡くなってしまいます。それが宏の片思いであったことが、没後編纂された『相良宏歌集』の岡井隆《おかいたかし》の解説などであきらかになりました。

ゴボゴボと咳《(せ)》き入りつゝもふと吐けばまこと真赤き血潮なりけり
渡邊順三《わたなべじゅんぞう》　『貧乏の歌』

わがもてるかくあざやけきくれなゐの花びら型の血を紙に喀く
瀧澤亘《たきざわわたる》　『断腸歌集』

血を喀《は》きてのちのさびしさ外《と》の面《も》にはしとしととして雨の音すも
松倉米吉《まつくらよねきち》　『松倉米吉歌集』

血をはきて何(なん)にすがらむたどきなし冷たき秀処《ほと》を摑みゐるのみ

吉野《よしの》秀雄《ひでお》　『苔径集』

結核と言えば喀血《かっけつ》。自分の吐いたものが真っ赤の血であることの驚愕《きょうがく》はいかなるものであったか、想像がつきません。己の病を、まさに血によって否応なく認めざるを得なかったことを、これらの歌は端的に語っていると言うべきでしょうか。しかも結核すなわち死病という時代に、己の吐いた血によって自らの死を予感せざるを得なかった悔しさはどのようなものであったのか。私は遂に記憶さえも持つことなく失ってしまった母を主題にした連作「饗庭抄《あいばしょう》」を作ったことがありましたが、一連の序歌として作った一首がありました。もちろん母が血を吐くところを目撃したわけではありませんが、なぜかこんな歌ができたのは、多くの結核によって倒れた歌人たちの歌の影響だったでしょうか。

カラスなぜ鳴くやゆうぐれ裏庭に母が血を吐く血は土に沁む

永田和宏　『無限軌道』

私の母も三歳の私を残して、二六歳という若さで結核のため亡くなりました。結核という病気は、いまからは考えられないほど怖れられ、感染性のある死病として、患者は家族などからも隔離されたまま死を迎えることが多かったようです。母が結核と診断されたことで、私は二歳のときから母とは別の家で育てられることになり、母に抱かれた記憶がありません。葬式の日の記憶が私のもっとも古い記憶ですが、母を失い、二度目の母と過ごすことになった私の幼い日々から書き起こすことになった『あの胸が岬のように遠かった――河野裕子との青春』（新潮社、のちに新潮文庫）が刊行されております。河野《かわの》裕子《ゆうこ》と出会い、「熱く、性急で、誠実ゆえに傷つけあった」とカバーにつけられたキャッチコピーの通り、あまりにも過激な青春の記録になってしまいましたが、ＮＨＫテレビでドラマ化もされ、柄本佑さんが私の役をやってくれました。

癌の歌

はじめに、意外に知られていなくて、多くの人が混乱している点を一点だけ指摘しておきたいと思います。ある場合には「がん」と書かれ、ある場合には「癌」と書かれます。単に恣意的なものなのか、科学的に意味のある使い分けなのか、疑問に思ったことはないでしょうか。

身体の表面や胃や腸を始めとする各臓器の表面を覆っている細胞を「上皮細胞」と呼びます。この上皮細胞に発生する悪性腫瘍を「癌」、正式には「癌腫」と呼びます。一方、骨や筋肉、脂肪組織などにできる腫瘍は、骨肉腫、平滑筋肉腫など、「肉腫」と呼ばれます。また白血病や悪性リンパ腫など血液系細胞に発生するものを「血液がん」と呼びます。本来、漢字の「癌」は上皮組織の腫瘍にのみに用い、ひらがなの「がん」は、悪性腫瘍全体を指すときに用いるとされているのですが、一般社会ではこの区別はほとんど知られていないでしょうし、使い分けられていてもいないようです。

特に短詩型である短歌や俳句においては、単に「がん」と書くとその深刻さが希釈されてしまうことから「癌」の字が用いられることが多いようですが、厳密にはこのような使い方の違いがあるのだということも頭に置いておくといいかもしれません。

がんを詠った歌と言えば、今でもやはり中城《なかじょう》ふみ子を外すわけにはいかないでしょう。

冬の皺《しわ》よせゐる海よ今少し生きて己れの無惨を見むか
中城ふみ子 『乳房喪失』

もゆる限りはひとに与へし乳房なれ癌の組成を何時よりと知らず
同

よく知られた歌ですが、中城ふみ子は夫との離婚直後に乳がんの宣告を受けます。掲出の二首は、乳がんの手術を受ける前後の歌ですが、「今少し生きて己れの無惨を見むか」には、これから起こるであろう己の運命に対する、冷徹な断念と芯の強さを感じさせます。とにかく「己れの無惨」を最後まで見届けてやるといった覚悟でもありますが、これが三〇歳直前の女性の呟《つぶや》きであるところに凄みをも感じさせると言ってもいいでしょう。

中城ふみ子は歌壇から、一方で圧倒的な共感・支持をもって迎えられ、一方でまったく逆の拒否反応をも巻き起こしました。二首目は、彼女のそんな毀誉褒貶《きよほうへん》の一因ともなった一首です。

「唇を捺《お》されて乳房熱かりき癌は嘲《あざわら》ふがにひそかに成さる」という一首が次に続きますが、「もゆる限りはひとに与へし乳房なれ」などと大胆な表現で、性の喜びの記憶を詠った女性歌人はそれまでほとんどいませんでした。それが容易ならざる病状のもとで詠われているところに、当時大きな衝撃とセンセーションを巻き起こしたのでした。

夫との離婚、一人の恋人大森卓への激しい思い、その前後の男性遍歴、さらに子供への思いや自らの癌との向かい方。中城ふみ子を論じるには大きなスペースが必要ですが、自分の感情に忠実に、しかし外部から見れば奔放に生きたふみ子の生涯は、圧倒的存在感を持ちつつ、現実には三一年という短いものでした。

その間、「短歌研究」五〇首詠に応募して、第一回の受賞者となり一躍脚光を浴びますが、その受賞の知らせは、乳がんの再発のため、札幌医科大学に入院していたベッドで受け取ったのでした。しかもその五〇首は「冬の花火」というふみ子の原題から、編集者の中井英夫によって「乳房喪失」というセンセーショナルなものに一方的に変えられていました。さらに入院中に第一歌集『乳房喪失』が川端康成の序文とともに出版され、「短歌研究」「短歌」の六月号に立て続けに作品が発表されますが、ふみ子はその年の八月に息を引き取ることになります。中城ふみ子という名前が、まさに彗星のように歌壇に躍り出て、活躍したのはわずかに数か月。まことにこの一九五四（昭和二九）年という、中城ふみ子の最後の年は、疾風怒濤のうちに、彼女の生涯のもっとも凝縮した数か月となったのでした。

この間の波瀾のドラマは、映画「乳房よ永遠なれ」となって上映もされましたし、渡辺淳一による『冬の花火』という小説にもなりました。

スキンヘッドに泣き笑ひする母が見ゆ笑へ常若《とこわか》の子の遊びゆゑ
春日井建《かすがいけん》『朝の水』

幸ひに母は在《い》まさぬわがのどの異変はパンを頒《わ》かち合ひ得ぬ
同

春日井建は一〇代で歌壇にデビューし、塚本邦雄《つかもとくにお》、岡井隆《おかいたかし》、寺山修司《てらやましゅうじ》ら前衛短歌の最若手として鮮烈な作品を発表していました。第一歌集『未青年』が三島由紀夫の序文とともに出版されたのは、彼の二一歳のとき。三島をして「われわれは一人の若い定家を持ったのである」と言わしめた春日井でしたが、彼の場合も歌壇での活躍の時期は短く、第二歌集『行け帰ることなく』の出版とともに、その歌集名そのままに、歌壇から姿を消すことになります。

父親の死とともに、父が発行人をつとめていた歌誌「短歌」を引き継いで、春日井建が歌壇に復帰したのは彼が四〇歳のときでした。ところが彼にも咽頭がんが見つかり、闘病空しく二〇〇四年に亡くなりました。

一首目は、抗癌剤や放射線治療による脱毛を詠ったものです。生涯独身であった春日井は、老母とともに生活していました。脱毛を嘆いて「泣き笑ひ」する母に、「笑へ常若の子の遊びゆゑ」と心で返すところが、いかにも春日井流のスマートさであり、それ故の悲しさでもあるでしょう。歌だけでなく、実際の人物もカッコいいというのが春日井建に会ったときの実感でしたが、そんな自分の変貌にもっとも傷ついていたのは彼自身であったに違いありません。

二首目は母没後の一首。パンも咽喉を通らなくなった息子の現実を見せなくてよかったというのが「幸ひに」という初句に表れています。何より息子のがんを嘆き、悲しんでいた母。その母が居なくなってから、自らのもっとも苦しい時期を迎えることに、息子としては安堵の思いをもまた持っていたのでしょう。

私たちが最後に春日井建に会ったのは、二〇〇四年一月のNHK全国短歌大会でした。痛々しくも首に包帯を巻いた春日井さんが会場に現れ、いかにも儚《はかな》げな存在感に胸を衝《つ》かれたものでした。彼がその席に身体の無理をおして出席したのは、私たち歌人にひそかに別れを告げるためであったのだろうと、のちのち、その場にいた歌人たちと語りあうことになったのでした。

死までの時間　死はそこに抗ひがたく立つゆゑに

死ぬのはいつも他人ばかり

フランスに生まれ、ニューヨークで活動した現代芸術家、マルセル・デュシャンの名はあまりにも有名でしょう。代表作「泉」は、ただの男性用小便器に「R.Mutt 1917」というサインを入れただけのものですが、コンセプチュアルアートの父とも言われるようになったデュシャンの名を一躍有名にした作品でした。

ただの便器に、「Fountain（泉）」というタイトルをつけ、アートとして提出することによって、すなわち新しい視点を付加することによって、日常の機能を離れたところで芸術としての価値を得る。そんな価値転換のパフォーマンスによって、芸術とは何かを私たちに鋭く問いかけた作品ともなったのでした。

そのデュシャンの墓碑に「されど、死ぬのはいつも他人ばかり」（D'AILLEURS, C'EST TOUJOURS LES AUTRES QUI MEURENT）と刻まれているのだそうです。これもいかにもデュシャンらしい洒落《しゃれ》たエピソードですが、なるほどと思わない訳にはいきません。

このフレーズに触発されて、

人の死はいつも人の死　いつの日ぞ人の死としてわが悲しまる

永田和宏　『後の日々』

という一首を作ったことがありました。デュシャンの言うとおり「死ぬのはいつも他人ばかり」だが、たとえ私が死んでも、人々にとっては、まさにその「人の死」の一つとして悲しまれるだけだろうというわけです。

私自身は、いわゆる〈後期高齢者〉ということになりますが、さすがに自分の死を折に触れて考えるようになった気がします。自分の〈残り時間〉への思いは、これからも齢《とし》とともに強く立ち顕《あら》われてくるのでしょう。

しかし、どんなに自己の死を思い描いてみても、それは差し迫った問題として意識されることはなく、漠然と「いつか」といった距離感のなかでしか想像されないものであるのは、多くの人の実感ではないでしょうか。

今しばし死までの時間あるごとくこの世にあはれ花の咲く駅

小《こ》中英之《なかひでゆき》　『翼鏡』

小中英之は私の友人で、大学を卒業して初めて東京に出た頃、まだ何もわからない私を連れだしては、兄貴分としていろいろな場に連れて行き、多くの歌人にも紹介してくれました。結婚して子供ができた頃も時おりひょろっと現れては、まだ赤ん坊だった長男の子守りなどまでやってくれたものでした。歌人同士のつきあいが、現在とは違って、どこかとても近しい存在だったことを懐かしく思い出します。

そんな面倒見のいい小中でしたが、いっぽうで、「氷片にふるるがごとくめざめたり患《や》むことなく神にえらばれたるや」（『わがからんどりえ』）とも詠《うた》っているように、生来の宿痾《しゅくあ》を抱え、若くはありながら、常に死と膚接《ふせつ》している意識を抱えつつ作歌をしているような青年でした。

常に己の死を意識のどこかに留めていた小中でしたが、「今しばし死までの時間あるごとく」はまさにそんな裡《うち》に抱えた病《やまい》への意識から紡ぎ出された言葉以外のものではないでしょう。

花の咲くローカル線の駅でしょうか。その駅に降り立ったとき、死はもちろん遠くはないけれど、まだ少しは時間が自分に残されているようにも感じられる。己の死まで「今しばし」の時間であるからこそ、そんな小さな駅のささやかな花の景に、心が揺らぐような明るさが感じられるのです。

死を意識するとき、この世はなんて美しいのだと強く感じられるのが、人間の共通の認識パターンでもあるようです。

螺旋時間

いちはつの花咲きいでゝ我目には今年ばかりの春行かんとす

正岡子規《まさおかしき》『竹乃里歌』

一九〇一（明治三四）年、子規は三四歳になっていましたが、結核から来た脊椎カリエスはいよいよ病状が進み、彼自身、己の死期ということをいやでも意識せざるを得ない状態になっていました。いちはつはアヤメ科のなかでは、春の最初に咲く花だそうですが、そのいちはつの咲くのを見て、来年の春にまたこの花を見ることができるだろうかと、思いは己の死期に及んだのに違いありません。

昔から時間は一直線に一方向に流れるものと考えられてきました。それがたとえば「ゆく河の流れは絶えずして、しかも、もとの水にあらず。淀みに浮ぶうたかたは、かつ消えかつ結びて、久しくとどまりたる例《ためし》なし。世中《よのなか》にある人と栖《すみか》と、またかくのごとし」と、鴨長明に言わせた所以《ゆえん》でしょう。それはそれで厳然たる事実なのですが、いっぽうで私たち日本人は、毎年春になると桜の花を見て、来年の桜を思うことが多い。わが国において特に顕著な四季のめぐりが、たとえば去年の桜、来年の桜として、自らの時間感覚のなかに組み込まれている。これは「円環する時間」と言っていいのでしょう。

しかし、去年の桜と今年の桜は同じではない。ここが大切なところで、私はこのような四季の巡りとともに実感される、円環する時間のことを「螺旋時間」と定義したことがあります。去年と同じように桜は咲き、桜の咲く季節に巡り合う。しかし、今年の桜は去年の桜と同じではない。それは私たちが一歳だけ齢を取ったからにほかなりません。「さくら花幾春かけて老いゆかん身に水流の音ひびくなり」は馬場《ばば》あき子の代表作でもありますが、まさにここに詠われているのは、円環しつつ、一年分だけ直線方向へずれる、すなわち螺旋を描く時間への思いでしょう。

季節は同じように巡ってくるはずなのだが、もし自らの直線時間が断ち切られているとすると、ついに螺旋は元の位置にまで巡ってくることはない。ここに四季の円環と己の人生の直線の二つの時間の悲しみがあると言ってもいい。

佐保《さほ》神の別れかなしも来ん春にふたゝび逢はんわれならなくに

正岡子規『竹乃里歌』

「いちはつ」の歌の一首前に置かれた歌です。佐保姫は佐保山に宿る春の女神とされ、竜田山の秋の女神竜田姫と対として考えられてきました。この春の佐保姫に別れてしまえば、次の春に再び巡り合うことのできない私なのだ、という諦念が切実に響く歌になっています。

「今年ばかりの春」と詠い、「来ん春にふたゝび逢はんわれならなくに」と詠った子規でありましたが、彼の生命力は強く、かつ恐らく生きたいとする精神力がそれに劣らず強く、彼が亡くなったのは、一九〇二（明治三五）年九月。これら二首を含む連作「しひて筆を取りて」一〇首が雑誌「日本」に発表された翌年の春を見てからのことでした。

引き算の時間

かつて死病と怖れられてきた結核と同じように、そう診断されただけで「ああ、もう駄目か」などと人々に恐怖を感じさせる病は、現在ではがん（癌）でしょう。癌は早期発見さえすれば、決して怖れる病気ではないのですが、発見が遅れ、転移の可能性が高くなると根治のむずかしい病であることはまちがいない。

死はそこに抗ひがたく立つゆゑに生きてゐる一日《ひとひ》一日はいづみ

上田三四二《うえだみよじ》『湧井』

上田三四二が結腸癌の診断を受けたのは一九六六（昭和四一）年、四三歳のときのことでした。上田は結核を専門とする医者でしたが、今から五〇年以上も前、いかに医者と言えども、その容易ならざる病態はよく承知していたはずです。診断の直後に詠《よ》まれたのがこの一首で、まさに「死はそこに抗ひがたく」立ちふさがっていると感じたのでしょう。医者としての知識と経験が、いいほうに考えようとすることを許さなかったのかもしれません。小中のように「今しばし死までの時間あるごとく」とは考えられなかったし、「今年ばかりの春行かんとす」という子規の感慨に近かったのかもしれない。

しかしこの一首はまたもう一つの大切なことを言っています。それは下句「生きてゐる一日一日はいづみ」というフレーズです。〈いつか来る死〉という、茫漠と彼方にあるはずの死が、「死はそこに抗ひがたく立つ」というリアリティに変わったとき、「生きてゐる一日一日」の掛け替えのない大切さが身に沁《し》みて感じられたのでしょう。「いづみ」、すなわち泉には、作者のそんな思いが投影されているはずです。

上田三四二は、さらに八三（昭和五八）年に膀胱《ぼうこう》癌を発症しましたが、二度の大手術を乗り越え、多くのすぐれた評論と歌集を残しました。亡くなったのはちょうど昭和から平成に年号が変わった初めの日、一九八九年一月八日のことでした。

この家に君との時間はどれくらゐ残つてゐるか梁《はり》よ答へよ

河野《かわの》裕子《ゆうこ》『葦舟』

河野裕子に乳がんが見つかったのは、二〇〇〇（平成一二）年のことでした。手術はうまく行ったはずでした。年に何度か受診し、転移再発がないかをチェックしていました。五年を過ぎると、癌は一応寛解とされるようですが、乳がんはそれを過ぎてもなお要注意ということは、一時は癌学会で仕事をしていた私は了解していました。しかし、再発もなく五年を過ぎてからは、毎年その検査の日は、二人でワインを飲みながら夜遅くまではしゃいでいたような気がします。

ところが八年経って、突然再発転移を告げられることになった。河野にとって時間は、向こうへ延びていくはずのものから、逆に向こうから今を見る、すなわち終わりの時間を強く意識せざるを得ないものに変わってしまいました。「この家に君との時間はどれくらゐ残つてゐるか」が、切実な、抜き差しならない問題として意識せざるを得なくなった。結句「梁よ答へよ」は、ちょうど家を新築したばかりで、天井を作らず、太い梁がそのまま見える部屋にしたのを、下から見上げていたのでしょう。この切ない問は、梁に向かって問うていたものですが、それは自分に対する問でもあり、何より私に答えて欲しいと思っていた問に違いありません。自分では予測していても、何としてでも私に否定して欲しかったのかもしれない。

すぐに死ぬ病気にあらず来年の予定表にいくつか書き込みてゆく　　河野裕子『葦舟』

わたしには七十代の日はあらず在《あ》らぬ日を生きる君を悲しむ　　同

「すぐに死ぬ病気にあらず」と己に言い聞かせ、強いて「来年の予定表にいくつか書き込み」をする。差し迫った問題ではないと思おうとしつつ、一方では「わたしには七十代の日はあらず」とも覚悟を決める。彼女に再発転移が見つかったのは、六二歳のときでした。七〇代はおろか、六四歳で亡くなったのですが、せめて「七十代」と思うことによって自分を励ましていたのかもしれません。

私は癌の時間、もう少し正確に言えば、再発転移がわかってからの時間を「引き算の時間」と言ったことがありました。人生時間は、誰にとっても「引き算の時間」であることは言うまでもないが、普通は、たとえば「つひにゆく道とはかねてき、しかどきのふ今日《けふ》とは思はざりしを」(在原業平《ありわらのなりひら》、伊勢物語)と詠われるごとく、遥かな先にあって、「きのふ今日《けふ》とは」思わないのが死というものでしょう。

しかし、癌の再発という局面に遭遇すると、嫌でも死が現実のものとして見え始める。その時間の減るのを計算しながら、許された時間を生きるという意識に変わらざるを得ません。そんな厳しい時間認識を強いられますが、そのように最後の時間を意識するからこそ、残された時間を精一杯生きたいとする、ある種崇高なとでも言いたくなるような、懸命の生が姿を現し、それが歌に定着していくのかもしれません。

死別の歌　あなたの椅子にあなたがゐない

齢《とし》をとっていやおうもなく直面しなくてはならなくなるのが、身近な人の死。

友人、知人、あるいは師や恩人などの死を訃報《ふほう》で知ることもあるでしょうし、新聞などでその死に接する場合もあるかもしれません。そんなとき、ああ、私も齢をとったものだと実感することにもなる。

「暁《あかつき》の薄明《はくめい》に死をおもふことあり除外例なき死といへるもの」は、歌集『つきかげ』中の斎藤茂吉《さいとうもきち》の有名な一首ですが、「除外例なき死」が直接には自己の死を指しているにせよ、実際には、自分の死だけは自分で体験できないことも事実でしょう。死は常に他者の死としてしか体験できない。

親の死

そんな他者の死のなかで、もっともわが身に堪《こた》えるのは、誰の死なのでしょうか。もちろん一概に言えるはずもないことですが、さしあたり、誰にも共通するものとして、親の死、子の死、伴侶の死は、その最たるものであるに違いありません。

施設より施設へ母を送りやるポピー畑もあめにけぶる日

永井《ながい》陽子《ようこ》『てまり唄』

人間はぼろぼろになり死にゆくと夜ふけておもふ母のかたへに

同

こころねのわろきうさぎは母うさぎの戒名などを考へてをり

同

永井陽子は、感性のやわらかな、そして機知にたけた素晴らしい作品を残して、早くに亡くなりました。五〇年にも満たない人生を自ら閉ざしたほんとうの理由は、余人には推し量ることはできませんが、結婚することもなくただひとりで過ごしていた彼女の孤独をいっそう深くしたのは、ここに詠《うた》われる母の死がその一因であったことはまちがいないでしょう。

一人では介護しきれず、認知症の進んだ母を止《や》む無く介護施設に送る。いろいろな条件があって、たらい回しのように次々と施設を変えなければならない。一人娘としては済まないという思いのほかに、やるせない思いのほうが強かったに違いありません。

そんな「ぼろぼろに」なって死んでゆくしかない母の傍らにあって、次にやってくるであろう母の死をあれこれ思いながら、戒名のことにも考えが及ぶ。三首目は、まだ生きている母の傍らでその戒名のことを考えている自分を、「こころねのわろきうさぎは」と詠っています。また、亡くなったあとは悲しみに浸る余裕もなく、「竹箒あたらしく買ふ寒の日の老いたる母のとむらひのため」といった用も自分でこなさなければならない。なんとも切ない歌ですが、そんな場面にふさわしくない雑事の諸々こそが、生きているということの実体なのに違いありません。

骨壺に両手を合はすあかときを前半生のをはりとおもふ

永井陽子　『てまり唄』

母の死を「前半生のをはりとおもふ」と思うのは、永井陽子のように、母子一体といった状況でなくとも、多くの人に共通する思いではあるでしょう。しかし永井陽子の場合、母の死は「前半生のをはり」ではなく、その一生の終わりに近い意味を持っていたのだと言わざるを得ません。

母死にしかかるときにも飯を食み夜となれば眠るまたなく悲し

安立《あんりゆう》スハル　『安立スハル全歌集』

安立スハルは、生前にたった一冊の歌集『この梅生ずべし』しか残さず、亡くなってから膨大な作品群が、「コスモス」の同人たちによって全歌集としてまとめられた、潔癖という言葉で呼びたいような歌人でした。

死者との別れで辛《つら》いのは、一人残された自分が、一人の死を抱え、悲しみに打ちひしがれているにもかかわらず、一方で、それまでと同じように生活をせざるを得ないところにもあります。就中《なかんずく》、時間が来れば飯を食い、風呂に入り、そして眠る。そんななんでもない日常が自分にだけ続いていることに、「またなく悲し」と、己を責めたいような気分にもなる。

水引草の咲く庭に干すシャツやタオル一つだに母のものなく眩し　村上和子《むらかみかずこ》『しろがね』

おかあさんを最後に乗せた日いつだつけフロントガラスに蟷螂がゐて　同

安立スハルが母の死に同化しきれない哀《かな》しみを詠ったのと同様、死者と別の世界を生き、そしてもっとも大切な存在さえ、時間の経過とともに思い出せないことが多くなってくることは、遺されたものにとって、耐えがたく悔しいことの一つであるのかもしれません。

村上和子の一首目は、母が施設に入って、自分たちの日常の範囲に母に関わるモノの存在が希薄になった悲しみを詠います。一緒に洗濯物を干したりもしたのでしょう、そんな水引草の咲く庭に、いま自分が干しているものの中に、母のものは一つもない。自分たちの生活の範囲から、母の存在が消えていくことの不安でもあり、哀しみでもありましょうが、結句、それが「眩し」

と詠われたところに、複雑な思いの交錯が感じられます。

二首目は母親の亡くなったあとの歌ですが、もう母を最後に車に乗せた日のことさえ、思い出せない記憶になってしまっていることに愕然《がくぜん》としたのでしょう。どんなに大切に思っていても、記憶の風化は止めようのないものとして実感せざるを得ない。亡き人にもはや二度と逢えないことが悲しいという以上に、その記憶が否応なく薄れていくということのほうが、実は何倍も哀しいことなのかもしれないと思わずにはいられません。

さて、母の死を詠った歌としては、あまりにも有名過ぎて改めて紹介するのも気が退《ひ》けますが、斎藤茂吉の「死にたまふ母」五九首は、古典和歌の時代から見直しても、その量と質において、この一連の挽歌《ばんか》に及ぶものは他にないと言い切ってもいいでしょう。

死に近き母に添寝《そひね》のしんしんと遠田《とほだ》のかはづ天《てん》に聞《きこ》ゆる　斎藤茂吉『赤光《しやっこう》』

我《わ》が母よ死にたまひゆく我《わ》が母よ我《わ》を生《う》まし乳足《ちた》らひし母よ　同

のど赤き玄鳥《つばくらめ》ふたつ屋梁《はり》にゐて足乳《たらち》ねの母は死にたまふなり　同

灰のなかに母をひろへり朝日子《あさひこ》ののぼるがなかに母をひろへり

同

「みちのくの母のいのちを一目《ひとめ》見ん一目みんとぞいそぐなりけれ」と、危篤の母を見舞うため金《かな》瓶《かめ》（現・山形県上山《かみのやま》市）に向かうところから始まり、母との短い時間を過ごしたあと、葬りに母を焼き、その骨を拾い、失意の身を近くの温泉に浸ることで癒《いや》そうとする、その過程がリアルタイムに展開してゆきます。作歌活動にもっとも脂ののっていた時期の作でもあり、五九首という長さをほとんど感じさせないだけの切羽詰まった迫真力のある一連です。歌については、それぞれあまりにもよく知られているので解説の要はないでしょう。

茂吉に圧倒されたわけではないでしょうが、どうも母の死を詠った歌に較べて、父の死をこれだけの迫力をもって詠った歌はあまりないような気がする。もちろん統計的にはそんなことはないので、父の死は多く詠《よ》まれているのですが、印象として言えば、母の死の歌に見られるような切ないまでの切迫感がないようにも感じます。母親という存在への肉体的、精神的距離の近さによるものでしょうか。男って、父親って可哀そうとも思ってしまう。

父をわがつまづきとしていくそたびのろひしならむ今ぞうしなふ

岡井《おかい》 隆《たかし》『禁忌と好色』

父といふ恋の重荷に似たるもの失ひて菊は咲くべくなりぬ

馬場《ばば》あき子　『阿古父《あこぶ》』

どちらも父という存在への対峙に、特別の思いを持ってきたことが詠われています。「父をわがつまづきとして」の内実はわかりませんが、岡井にとって父は一種の仮想敵として、彼の前に立ちはだかり続けた存在であったのかもしれない。父を乗り越えなければという自縛のなかで過ごしてきた人生後半に、その〈全て〉でもあった父を失った、その安堵と心許なさでもあったでしょうか。

逆に馬場あき子にあっては、父は「恋の重荷に似たる」存在であったと詠われます。憧れでもあり、尊敬、敬愛でもあり、もっと直截《ちよくせつ》的な思慕であったのかもしれない。しかし、そんな〈存在〉としての父を失って、いまようやく「菊は咲くべくなりぬ」と感じられる。これにはあまり比喩的な意味合いを持たせないほうがよく、ちょうど菊の咲く季節に、くらいにとっておきたいものです。

父という存在をあまりに観念的に捉えてしまうと歌が硬くなってしまいますが、その死の具体をさりげなく詠った歌に、却《かえ》って印象深いものがあります。

わが父《ちち》を真裸《まはだか》にして粗《あら》き衣《きぬ》かづけまつる日父《ひちち》を葬《はふ》る日《ひ》

与謝野鉄幹《よさのてつかん》　『相聞』

何時知らず蚊遣りが尽きて出でし蚊の死にゆく父の肌刺《はだへ》したり

千代國一《ちよくにいち》『鳥の棲む樹』

どちらも父への思いの表現を抑えて、死装束をつける作業、死者の肌を生きてあるときと同じように刺そうとする蚊を詠おうとしています。悲しいと言わないことによって、悲しみが深く底ごもっていくのがしみじみと感じられる、そんな歌になっています。

子の死

親の場合は、悲しく寂しくはあっても、齢の順に死にゆくことは仕方がないことと、受け容れていくのが普通でしょうが、これがわが子の死となるとそうはいかない。逆縁という言葉もありますが、わが子の死に立ち会わなければならないという事態は、この世のすべてに比してこれほどの〈不条理〉はありません。

子を亡くした歌を調べていると、これは明らかに近代の歌人のほうが多いと気づく。当然のことで、乳幼児死亡率がいまと較べてはるかに大きかった時代ですから、止むを得ないことでもありました。子を亡くす、しかも何人もの子を幼くして亡くすということが、決して特殊なことではなかった時代背景があります。

友禅のをんなのごとき小袖着て嬰児《えいじ》は瓶《かめ》の底にしづみぬ

木下利玄《きのしたりげん》『銀』

病もつ一生《ひとよ》を終り今こそは吾子は眠りをほしいまゝにせり

同『紅玉』

わが妻は吾子の手握り死にてはいや死にてはいやと泣きくるひけり

同

おくつきは並びたれどもうつし世に相ひ逢はざりし吾子三人はや

同

木下利玄は、佐佐木信綱《ささきのぶつな》に師事し、のちに「白樺」の創刊にも関わった明治の代表的歌人の一人ですが、彼は生涯に四人の子をもうけ、そのうちの三人を幼くして亡くしています。長男は一九一二（大正元）年、誕生すぐに死去（一首目）、次男は生まれてすぐに病《やまい》を抱え、二歳に満たず一九一五年に亡くなります（二首目）。そしてその二年後、一九一七年には、初めての女児夏子がやはり病死（三首目）。ほぼ二年ごとに子を亡くすという、親としてこれ以上の不幸はないというべき試練を経験することになります。

一首目、「瓶の底にしづみぬ」がなんともあわれです。柩《ひつぎ》ではなく瓶。小さな瓶の底に、「友禅のをんなのごとき小袖」を着せられた男の子。まだ話したこともなく、笑ったこともなかった。

もはや宿命としてしか受容しがたい死の現実が、これ以上ないような冷徹端的な描写によって表現されているところに、作者の悲痛の深さを見る思いがします。

二、三首目もそれぞれに悲痛な歌ですが、なにより四首目に、木下利玄の若き日の悲しみのすべてが凝縮しているとも感じられます。三人の子の墓が並んで建てられている。しかし、そこに葬られているのは、「うつし世に相ひ逢はざりし吾子三人」なのだというのです。すべてわが子には違いないのだが、それぞれの子同士、三人の兄妹は、一度も顔を合わせたことがない。それほどの短い生の時間しか与えられずに、それぞれの生を閉じざるを得なかった子どもたち。亡くなった子供たちが悲しいばかりではなく、それを見守ることしかできなかった親の無念と哀しみと言うべきでしょう。

このような事態が決して特殊ではないのが、高々一〇〇年前の日本の現実であったということを押さえておきたいと思います。

夜《よる》おそく
つとめ先《さき》よりかへり来《き》て
今死《いまし》にしてふ児《こ》を抱《だ》けるかな

石川啄木《いしかわたくぼく》『一握の砂』

おそ秋《あき》の空気《くうき》を

三尺四方《さんじやくしはう》ばかり
吸《す》ひてわが児《こ》の死《し》にゆきしかな　　同

底知《そこし》れぬ謎《なぞ》に対《むか》ひてあるごとし
死児《しじ》のひたひに
またも手《て》をやる　　同

啄木は歌集『一握の砂』の扉に序となる短文を草していますが、その後半は、亡き子への悼辞ともなっています。

「また一本をとりて亡児真一に手向く。この集の稿本を書肆《しょし》の手に渡したるは汝の生れたる朝なりき。この集の稿料は汝の薬餌となりたり。而《しか》してこの集の見本刷を予の閲《けみ》したるは汝の火葬の夜なりき。」

「夜おそく／つとめ先よりかへり来て」以下の八首（ここには三首だけ紹介）は、『一握の砂』校正中に追加されたものだそうです。一九一〇（明治四三）年一〇月二七日、夜勤で一二時過ぎに家に戻った啄木は、二分ほど前に息を引き取った真一を抱き取ったといいます。まさに「今死にしてふ児」で、まだ温かな子の体温に涙したのでしょう。サラリーマンの過酷な生活のなかで子を亡くすといった歌の、嚆矢《こうし》とも言うべき歌であるのかもしれません。

三首目の「底知れぬ謎に対ひてあるごとし」は、時代を問わず、子を亡くした親なら誰もが抱く疑問、謎に違いありません。なぜわが子だけが、なぜ私より早く、と、答の出しようのない問いに自らを責め、その問いのなかに沈むことによって、少しずつ自らを癒していくのだとも言えるでしょうか。

みまかりし子の落書のある壁を妻は惜しむか移らんとして
木俣《きまた》 修《おさむ》『呼べば谺《こだま》』

笑ふより外《ほか》はえ知らぬをさな子のあな笑ふぞよ死なんとしつつ
窪田《くぼた》空穂《うつぼ》『鳥声集』

玉きはる命のまへに欲りし水をこらへて居よと我は言ひつる
島木《しまき》赤彦《あかひこ》『氷魚《ひお》』

木俣修は、子の十三回忌も終わった頃、長年住み慣れた借家から転居することになり、その家での生活の思い出を、「太子堂町二百十五番地」という小題のもとに二九首の連作として残しています。去るにあたって、幼い子の遺した「落書のある壁」を惜しむように眺めている妻。できれば、この壁ももろともに引っ越したいと思ったのでしょうが、借家であれば、それは無理。居を移すことは、そのまま子との思い出をも手放すことになるという、親の切なさが自ずから感じられる一首です。

窪田空穂は、二歳になる前の次女なつを失いますが、まだ話すこともままならない幼い子が、苦しみ呻《うめ》きつづけたあとに、ふと親を見て、笑ったというのです。そして笑ってすぐに息を引き取ります。「笑ふより外はえ知らぬをさな子」、自分の気持ちを表現する術《すべ》を持たない幼子が、死ぬ前に笑ってくれた。その意味は汲み取りようもないものですが、これほどに悲しい子の挽歌はないのではないかと思わせます。

島木赤彦は長男政彦《まさひこ》の死を詠いますが、わが子が水を飲みたいと訴えたのを、我慢しろと制したのでしょう。子の病状を思ってのことであったはずですが、あんなに水を飲みたがったのに、結局死なせることになるのだったら、なぜあのとき、飲ませてやらなかったのだろうと、親としては詮のない後悔の念を振り払うことができません。

空穂、赤彦の二首は、近代歌人の歌のなかで、子の死を詠ったものとして私にはとても大切な歌ですが、すでに『人生の節目で読んでほしい短歌』（ＮＨＫ出版新書）のなかで詳しく述べていますので、詳しくはそちらに譲ることにしたいと思います。

伴侶の死

妻、河野《かわの》裕子《ゆうこ》が亡くなったのは、二〇一〇（平成二二）年八月一二日のことでした。二〇〇〇年に乳がんが見つかり、手術をしたのですが、その後、再発転移が見つかったのが八年後。抗がん剤治療を続けましたが、再発から二年後に亡くなってしまいました。その一〇年にわたる闘病の日々については、すでに『歌に私は泣くだらう——妻・河野裕子 闘病の十年』（新潮社、のちに新潮文庫）として出版されています。

再発への不安。そしてそれをわかってはくれず、のうのうと暮らしているように見える家族への不満。自分だけが置いてきぼりになっているような寂しさ。それらが綯《な》い混ざって、精神的に不安定になり、家のなかが一時修羅場のようになったことも、そのまま書きました。自分の死を単に怖れているだけではなく、それは生きたい、生きて歌を残したいという河野の痛切な思いからの爆発であったのだと、今からは思うことができます。

そして、何より、私と二人の生活をこそ願っていたのだということ、もうしばらくであっても、少しでも長く一緒に居たいと願っていたからこその、身悶えであり、焦りの末の爆発であったのだということが身に沁《し》みて実感できたのは、情けないことながら、河野の死後、何年か経ってのことでした。

『歌に私は泣くだらう』は、なにしろ河野の死後一年も経たないうちに書きはじめたものであり、そんなことにはまだ気づかず、触れてもいませんが、何より私個人としては、一年にわたって

「波」（新潮社）に連載をしていた、辛《つら》いけれどもとにかく書き残すのだというあの作業が、なんとか私を支え続けてくれたのだということだけは、はっきりと言うことができます。

「ゆうこー」つと呼べば小さき息ひとつ吸ひ込みぬ最後にわがための息を

永田和宏『夏・二〇一〇』

きみに届きし最後の声となりしことこののち長くわれを救はむ

同

一首目は息を引き取る瞬間の歌。結句の「わがための息を」に作者としては思い入れがありますが、いわば臨終の場面ではどこにでも見られる景ではあるでしょう。しかし、現実はこんな落ち着いた空気ではなく、私自身はほとんどパニック状態だったのだと思います。

徐々に息が苦しそうになり、腕に抱えるように河野の上半身を支えていました。そして、最後は声にならない声に、のけぞるように息を引き取る。その瞬間の自分の行動の不可思議は、よく覚えています。死んでしまう、なんとかしなければならない。息ができないのなら、息を吹き込もうと、思わず唇から息を吹き入れようとしたのです。

パニック状態の衝動的な行動だったと思いますが、そのとき不意に、最後の息は吐くことができなかったのか、それとも吸い込めなかったのかと、なんとも不思議に冷静な回路が開いてしまい、それっきり動きがとれなくなってしまった。
あの場面で、なんという馬鹿げた疑問、逡巡だったかと、いまとなっては滑稽でさえありますが、息を吹き入れることも、吸い出すこともできず、腕に抱えたまま凍りついてしまった自分が、哀れにも鮮明に思い出されます。なんでもいい、とにかく息を吹き込んでやればよかったのだと、いまに後悔は続いている。医師や看護師さんも控えていてくれましたし、息子と娘も一緒でしたが、あの情景が、なんとも情けない記憶としてぬぐいがたく貼りついているのです。次の二首は、数年後の歌。

最期の息を人は吸ふのか吐くのかとあの夜を思ふたびに思ふも
永田和宏　『置行堀《おいてけぼり》』

吹き込まうか吸ひ出さうかと迷ひたる一瞬の悔いはきみ逝きてのち
同

夫を看取る妻の歌

帰らんとするわが顔をまなこみはりただに見てゐき死の前日に
佐藤志満《さとうしま》　『立秋』

通夜の夜のひとりごころや棺の蓋あけて注ぎたる一掬《いつきく》の酒

宮《みや》　英子《ひでこ》　『花まゐらせむ』

よるべなきわれを思へば生きたしと哭《な》きますきみの眉は濃かりし

山中智恵子《やまなかちえこ》　『星醒記』

死にければ妻が身のなせしこと火葬用薪十三把を求め探しける

森岡貞香《もりおかさだか》　『珊瑚数珠』

私たちより一世代上の女性歌人たち。それぞれに伴侶を失ったときの歌です。佐藤志満の夫が佐藤佐太郎《さたろう》、宮英子の夫が宮柊二《しゅうじ》であることは説明の要もないでしょう。佐藤佐太郎と宮柊二は三歳違いのほぼ同世代で、戦後の歌壇を牽引した歌人でもありました。亡くなったのも、一九八六（昭和六一）年（宮）と八七年（佐藤）と、これもまたほぼ同じ時期であったのに、驚いた記憶があります。

佐藤佐太郎は脳梗塞を患い、話もできなくなっていました。志満夫人が病室から帰ろうとすると、「まなこみはり」、何かを訴えるかのように精一杯見つめていた。「いま暫《しば》し居よといふがに見つめゐき次の日行きてその命なし」とも詠われていますが、己の命を予感していたのでしょうか。どこか凄絶な顔をも想像してしまいますが、これが竟《つい》の別れとなったことが歌からわかります。

宮英子は、通夜の夜を、一人で棺の傍に付き添い、そのよるべないつれづれに、「一掬の酒」を棺の蓋をあけて注いだというのです。一緒に飲んだ夜々のことを思い出したのでしょうか、悲しんでいることはまちがいないのですが、ふっと心が和むようなさりげない仕草が哀しくもある。

山中智恵子は、現実の人間関係などをまったくと言っていいほど詠わなかった歌人でしたが、夫が亡くなってから驚くほど多くの挽歌を作りました。自分が死んでからの妻のよるべなさを思うと、何としても生きたいと哭いた君。その眉の濃さが鮮明に思い出されると詠っています。

森岡貞香は若くして未亡人となり、幼い子供を抱えて戦後を生きることになりました。夫を亡くしてもただ悲しんでいるわけにはいかず、「火葬用薪十三把を求め探」すことも必要欠くべからざる妻の仕事。生きるということの現実が、もっとも端的に個々人に迫ってくるのは、こういう近親者の死をめぐっての諸々の雑事であるのかもしれません。四人が四様に、夫を失った妻の現実を詠っています。

死者と記憶を共有して

親にせよ、子にせよ、あるいは伴侶にせよ、その死がどーんと重くのしかかってくるのは、死の直後ではなく、しばらく経ってからのような気がします。

死の直後は、ただ狼狽《うろた》え、葬儀の準備や役所関係の届け出、さらに親族友人などへの通知など、一挙に押し寄せる諸事に忙殺されて、ゆっくり死者と向き合う精神的余裕がない。本当の寂しさや悲しさに打ちひしがれるということが却ってないような気がします。

また私の話になって恐縮ですが、私の場合は、先に述べたように、河野の死後一年も経たないうちに『歌に私は泣くだらう』を書きはじめたことに加え、河野の遺歌集『蟬声』(青磁社)をはじめ、河野のエッセイ集や、河野との共著本の出版など、死後二年ほどのうちに十数冊の河野関係の本の出版に追われることになりました。

おまけにNHKのドキュメンタリーやドラマの制作への協力など、文字通りそれらさまざまの新たな仕事にかかりっきりだったような気がします。そんな待ったなしにしなければならない仕事を抱えており、ひっきりなしに人に会う必要ができて、じっくりと死の悲しみに浸っている余裕もなく、寂しさを感じる余裕もなかったというのが実態でした。

そんな二年間は、いまとなっては、ただ忙しかったということだけは覚えていますが、どんな精神状態で何をしていたのかは、もはやほとんど記憶のなかにありません。そのような状況を準備しておいてくれたのは、河野裕子自身であったのだろうと思うようになってきました。

伴侶の不在、それによるしんしんとした寂しさが押し寄せてきたのは、そんな疾風怒濤の二年間が過ぎたあとであったような気がします。

あほやなあと笑ひのけぞりまた笑ふあなたの椅子にあなたがゐない

永田和宏『夏・二〇一〇』

最後までわたしの妻でありつづけあなた、ごはんは、とその朝も言へり　同

「一緒よ」と静かにきみは撫でくれき死ぬなと泣きしあの夜の髪　同

「お父さんを頼みましたよ」わが髪を撫でつつ子らへ遺せし言葉　同

本当の寂しさがやってきたのは、一連の仕事が終わったあとだったと書きましたが、当時の歌を読み直してみると、あのとき河野がああ言った、こんなことも言ってくれたと、彼女の言葉のいろいろが無秩序に蘇ってきて、それを思い起こしている歌が多いのに気づきます。

笑い出したら止まらない、少女時代からよく笑う女性でしたが（一首目）、生前、私の仕事は永田に飯を食わせて少しでも長生きをさせることと、いろいろの場でよく言っていた通り、亡くなるその日まで私の食べるものの心配をしていた妻でもありました（二首目）。

「死ぬな」と彼女の膝に突っ伏して号泣したことがありましたが、そんなとき、静かに頭を撫でて、「一緒よ」と応えてくれたのも彼女でした（三首目）。そのときだったでしょうか、一緒にいた息子と娘に「お父さんを頼みましたよ。お父さんはさびしい人なのだから、一人にしてはいけませんよ」と言ったのは、忘れることができません（四首目）。苦しいなかで、最後までいちば

ん心配していたのが、私のことだったと胸に刻むことになりました。

亡くなった人の面影がリアルに立ち上がってくるのは、漠然としたイメージではなく、ある場面でふと口にした言葉、あるいは普段通りの何気ない仕草の一齣《ひとこま》であるのでしょう。

ひとみいい子でせうとふといひし時　いい子とほめてやればよかりし

五島美代子《ごとうみよこ》『風』

先に死ぬしあはせなどを語りあひ遊びに似つる去年《こぞ》までの日よ

清水房雄《しみずふさお》『一去集』

「母の歌人」とも称せられる五島美代子にとって、大学生であった長女ひとみの自死は、想像に余りある痛恨事でした。狂わんばかりの歌から、遂に自身の死まで娘を思い続け、詠い続けた歌人でもありました。

「ひとみいい子でせう」がいつ娘の口から発せられたのかはわかりませんが、あのとき、なぜ「いい子とほめて」やれなかったのか。その一つことが、いつまでも作者を責めることになります。あのとき、なぜああ言ってやれなかったのか、という悔いは死者を持つ誰もが少なからず持っているものなのでしょう。私にももちろんありますが、そんな悔いとともに、死者はいつまでも遺されたものの胸のうちに更新されつつ、生き続けるものなのかもしれません。

清水房雄は、まだ四〇代であった妻を乳がんで亡くします。歌集『一去集』には、詳細な妻の年譜が付されているのに驚きますが、後記にも妻の思い出が語られます。妻を亡くしたのちの悲しみの歌集という印象が誰にも残る歌集です。

去年までは、どちらが先に死ぬのか、先に死ねればいいなあなどと話す余裕もあったのでしょうか。妻の死を覚悟しつつ、しかし、まだそんな「遊びに似」た他愛ない話題に戯れていた時期から、わずか一年で遂に帰らぬ人となった妻。そんな暢気《のんき》な話をしていた己を責めるかのような口吻《こうふん》が哀れでもあります。妻を悼む歌の多さに圧倒される歌集と言ってもいいでしょう。

歌友の死

長塚節《ながつかたかし》は初期アララギにあって、正岡子規《まさおかしき》の後継者として伊藤左千夫《いとうさちお》と並ぶ存在でありました。斎藤茂吉や古泉千樫《こいずみちかし》、中村憲吉《なかむらけんきち》らの兄弟子的存在でもあります。

「馬追虫《うまおひ》の髭のそよろに来る秋はまなこを閉ぢて想ひ見るべし」「白埴《しらはに》の瓶《かめ》こそよけれ霧ながら朝はつめたき水くみにけり」などの代表歌によって知られますが、まさに歌人として脂がのり、これからが活躍の時期というときに、節は喉頭結核という診断を受けることになります。一九一四（大正三）年、歌人俳人でもあった九州帝国大学教授久保猪之吉《くぼいのきち》を頼って、九大病院に入院します。しかし、その甲斐もなく、翌年三五歳という若さで亡くなってしまいました。彼の死は、彼を慕う若き歌人たちにとっては大きな衝撃であり、何人もが節を追悼する歌を作っています。

下総の節《たかし》は悲し三十まり七つを生きて妻《め》まかず逝きし　古泉千樫『屋上の土』

しらぬひの筑紫《つくし》のはまの夜さむく命かなしとしはぶきにけむ　斎藤茂吉『あらたま』

あつまりて酒は飲むとも悲しかる生《いき》のながれを思はざらむや　同

春雨の東京駅に骨甕《こつがめ》となりて着きたりあはれ節《たかし》は　中村憲吉『林泉集』

死にすれば人は帰らず如月《きさらぎ》の八日といへば梅も咲きつつ　平福百穂《ひらふくひゃくすい》『寒竹』

節が亡くなった翌年二月、その一周忌を機に、節を追悼する会が斎藤茂吉宅で開かれました。北原白秋などアララギ外の歌人も含め、一五名が集まったといいます（平福百穂の歌集に、その折に参集したメンバーの名が記されています）。ここに引用した五首は、その折の作。

千樫は数え三六歳という若さで逝った節を悼んでいますが、就中、妻をめとることもなく逝ってしまったことに深い哀れを詠います。長塚節には黒田てる子という婚約者がいました。お互いに深い愛情を持っていたのですが、節に喉頭結核が見つかり、節の方から婚約を解消したのでした。当時の結核という病気に対する一般の知識を物語るエピソードでもあります。しかしその後も、てる子は、死の直前まで何度も節を九大病院に見舞ったようです。そんな事情は友の皆知るところでもありました。

それぞれが長塚節という一人の歌人を悼み、そのために集い、互いに歌を持ち寄る。こんな一周忌が催されるのも、故人が歌人であったが故でしょう。翌年にはさらに三周忌の会も開かれ、歌が献じられています（因《ちな》みに、一周忌の会には島木赤彦も土屋《つちや》文明《ぶんめい》も列席していて歌を作ったはずなのですが、歌集には残されていません。こんなところにも、それぞれの歌への姿勢が垣間見えておもしろい）。

これは長塚節という歌人が、大きな影響力を持った、そして皆に慕われる歌人であったからには相違ありませんが、一方で、歌を通じた友の死には、歌を以て悼み、その業績を偲《しの》ぼうといった、同時代の歌人たちの思いも強く感じさせるものとなっています。

歌友の死――現代でも

長塚節に寄せて多くの歌人が追悼の歌を作った例を見てきましたが、そんなある意味羨ましいような悼み方は、明治の時代で途絶えてしまったのでしょうか。それは、現代にも色濃く残っていると私は考えています。最近では、私は、私の友人でもある、小高賢《こだかけん》を偲ぶ歌が、驚くほど多く作られていることに気づいています。

小高賢は、本名鷲尾《わしお》賢也《けんや》。講談社の名編集者として活躍してきましたが、あるとき取材を通じて馬場あき子に出会い、次第に歌の世界に搦《から》めとられていった（本人談）といいます。不思議な、遅い歌の出発をした歌人でした。

歌人として『耳の伝説』から『秋の茱萸坂《ぐみざか》』にいたる九冊の歌集を出し、また評論面でも鋭い論客として活躍をしました。『現代短歌の鑑賞』『近代短歌の鑑賞』（共に新書館）など、編集者としての感覚を生かしたアンソロジーを編むなどの仕事、さらに国会前のデモも含めて、政治への積極的な関心を行動へつなげていった歌人でもありました。

小高賢が亡くなったときは、あまりの突然の悲報に私たちは誰もが茫然としてしまった。

え、の後に絶句せりけり薄暗き西宇治体育館の堅き椅子の上

永田《ながた》　淳《じゆん》『竜骨《キール》もて』

誰もが同じ反応だったでしょう。この一首の前には「二月十一日十三時十二分、父より着信。『淳どうしよ、小高が死んだ』。娘の発表会中に」なる詞書《ことばがき》があります。この「父」とは私のこと。

次の一首は、

死の二日前に書きくれし手紙には一杯やりましょうとインク青かりき
永田　淳『竜骨もて』

ちょうど永田淳は、自身の出版社青磁社の企画で、『シリーズ牧水賞の歌人たち5　小高賢』の最後の編集をやっていたところでした。その最終校が届いたのは小高の死の前日だったといいます。「戻りたるゲラの年譜に一行の享年の日を入れねばならぬ」なる歌が続きますが、ついに小高が見ることのできない本になってしまい、「一杯やりましょう」という約束も、決してかなえられないものになってしまいました。

死因は脳梗塞。退職後、事務所として借りていた一室で一人倒れていたのでした。六九歳は現代ではまだ十分に若い年齢で、彼は同世代の中心的存在として、まだまだ活躍すると誰もが疑っていない歌人でした。

私が彼に最初に会ったのは、まだ歌を作る前の編集者としてでしたが、あるとき、馬場あき子に連れられて一緒に富田林《とんだばやし》市のPL教団の花火を見に行くことがあり、そんなことを通じて急速に親しくなりました。

約束はどうしてくれる浅草にどぢやう喰はせると言つてゐたはず
永田和宏　『午後の庭』

浅草のどぢやう丼関は無くなつて一緒に行かうと言ひゐし人も
同

愚直と言はば君は怒《おこ》るか阿諛追従《あゆついしょう》の歌壇を瞋《いか》り歌人を忿《いか》り
同

小高賢とは公の場でも、個人的な飲み会でも数え切れないほど一緒になりました。お前たちは本当のどじょうの味を知らないから、俺が浅草に連れて行ってやるといつも言っていたのでしたが、その約束も果たさないで勝手に死んじゃってというのが一首目です。

三首目は、何に対しても直球で、批判も正面から投げつけていた小高の瞋《いか》りや忿《いか》りのまっとうさを惜しむという歌になっています。この一連には「直球の君の批評は愉《たの》しかつたが我への批判も聞いておきたかつた」という一首も入れていますが、結構うるさい小高の批判を、もう少し聞いておきたかったというのは私の本音でもあります。

早朝の列車に愛妻弁当をにやりと広げし小高氏思ほゆ
栗木《くりき》京子《きょうこ》　『ランプの精』

かたはらに居てまざまざと居る感じする人なり在らざる今も
花山多佳子《はなやまたかこ》『鳥影』

汚れゐるわれの眼鏡を取り上げて拭ひてくれしことおもひ出づ
小池　光『梨の花』

このままデモに行こうよ　君なら言うだろう焼香の列は長く続けり
吉川宏志《よしかわひろし》『鳥の見しもの』

まだまだいくらもあるはずですが、このように歌壇全体としてそれぞれが小高の死を、それぞれの立場から悼んでいるということに、久しぶりに強い印象を持ったのでした。一〇〇年前に皆が歌を以て長塚節の早すぎる死を悼んだのと同じことが、現代でも自然発生的に行われている。

私の妻の河野裕子が亡くなったのは二〇一〇（平成二二）年のことでしたが、その直後から、朝日歌壇をはじめとして、多くの投稿歌に河野の死を悼む歌が寄せられました。私は、そのときに朝日歌壇への投稿歌として寄せられた千数百通にものぼる河野を悼む歌を、すべて今も保管しています。こんなにも多くの人に、一人の死をそれぞれの思いを込めて歌にしていただいていることに、わが妻ということを差し置いて、どこか敬虔な思いに打たれたのを覚えています。

私が死んでも、河野ほどではないにせよ、何人かの歌人たちは、やはり同じように歌を作ってくれるだろうと思えることは、老齢に向かおうとしている今を生きている自分に、（ちょっと単純すぎるかもしれませんが）少しの安心と力を与えてくれるようにも思うのです。

戦友を憶う

友の死を悼むと言っても、それが戦いに死んだ戦友だということになるとまた事情は大きく異なります。

伝令のわれ追ひかくる友のこゑ熱田《にぎた》も神《じん》もこときれしとふ　　宮　柊二『山西省』

亡骸《なきがら》に赤き炎の移る見て目尻《まなじり》ぬぐふは「煙《けむ》が噎《む》す」といふ　　同

山くだるこころさびしさ肩寒く互《かたみ》に二丁の銃かつぐなり　　同

日中戦争の真っただ中に、山西省に兵士として戦ったのが宮柊二でした。歌集『山西省』には、「ひきよせて寄り添ふごとく刺ししかば声も立てなくくづをれて伏す」などの、緊迫した歌が多く収められていますが、ここでは戦友の死のみを取り上げておきます。

一首目は、部隊に前線の状況を報《しら》せるため伝令として走り出した宮柊二に、背後から追うように声がかかったというのです。「熱田も神も」こと切れたと叫ぶ声。傷病兵が次々と死んでいく現場のリアリティに圧倒されます。

二首目は、戦友を荼毘《だび》に付す現場。赤い炎が亡骸に移ろうとするとき、誰も思わず目尻を拭う。しかしそれを、「煙が噎す」と言い換えることになっていたのでしょうか、煙が目に沁みるだけなんだよと強がる、あるいは我慢をするところに、兵たちの悲しみが見えてきます。

三首目では、「互に二丁の銃かつぐ」に注目しておきたいところ。亡き戦友を荼毘に付し、その銃だけは生き残った者が担いで帰るというのです。残された銃に、居なくなった兵士の影がくっきりと見えてくる一首でもあります。

生き生きて戦友二人兵なりしころの三人をなつかしみ語る

宮　柊二『緑金の森』

そんな過酷な戦場で共に戦ってきた仲間であるだけに、生き残った者同士の強い心の絆も長く消えることはないのでしょう。戦友が二人訪ねて来て、話題はおのずから「兵なりしころの三人」に集中する。思い出したくもないくらい過酷であり、自分たちが侵略戦争の片棒を担いだことは紛れもない事実ではあっても、こうして集まってみれば、若かったあの頃の「三人」を、おのずから「なつかしみ語る」以外のことはできないというのです。

私などの戦争を経験していない世代が、不用意にわかったようなことを言うのは慎むべきなのでしょうが、たとえそれが戦争であったにしても、自分たちの若かった頃の時間を共有した仲間、その共通の思い出こそが青春という時期の存在証明であるという、確固とした思いが感じられます。

私は若い頃、父が戦争の話をするのを許せないと思っていました。私の父も一九四〇（昭和一五）年に召集され、北支の邯鄲《かんたん》の近くへ派遣されました。何度かの戦闘にも参加したが、突然病気で倒れ、意識不明のまま現地の病院を転々としたあと内地送還。ほとんど助かる見込みはないと思われていたようですが、奇跡的に回復したのだといいます。

そんな話も含めて、父が戦争の話をしようとすると私は不機嫌になり、かなり辛辣な言葉を返したようにも思います。日本の戦争責任ということを考え始めていた高校生の時代で、侵略戦争に加担していながら、その頃を懐かしむとはなんということだと思わざるを得なかった。父は私が成人してからも戦争のことを話すことはなく、私も聞くことをしませんでしたが、もっと聞いておけばよかったと今では後悔をしています。時間を共有するということが、いかにむずかしいものであったかということを今さらながら痛感しております。

孤のなかに己を見る

死ぬまへに留守番電話にするべしと

最近、新聞歌壇でこんな歌を採りました。

どっちみちどちらかひとりがのこるけどどちらにしてもひとりはひとり

夏秋淳子　朝日歌壇2023・12・10

この作者はすでに伴侶を亡くしている。先立たれて、いまはひとりぼっち。日々、連れ合いのいない寂しさを痛感しない日はないが、しかし、とまた考えるのです。二人居るのが伴侶なら、夫婦は最後は、「どっちみちどちらかひとりがのこる」以外ないのだ、と。いまは残された者として、自分がひとりの寂しさを託《かこ》っていますが、逆だったら夫が自分と同じ寂しさを感じていたのだろうとも。「どちらにしてもひとりはひとり」生きていく以外ないではないか、とも思ったのでしょう。どこか箴言《しんげん》風な一首でもあります。

たったひとり、という寂しさ、孤独感は、私たちが生きていく上で、どんな恵まれた環境にある人でも、一度は感じたことのある思いではあるはずですが、歳《とし》をとるに比例して、そんな思いにとらわれる機会と時間が否応なく増えていくような気がします。

特に定年退職後、同僚や組織から離れて、人との関係性が薄れていくことによる疎外感などもあるでしょうが、もっと若くとも、例えば結婚することなくひとりを通した場合、あるいは伴侶や家族を失ってひとりになった場合など、いろいろの場合があるはずですが、逆に、ひとりの孤独感があるからこそ、自分という存在を見直す時間が訪れるという側面もあるはずです。

誰も自分を見てくれる人がいない孤独

永井《ながい》陽子《ようこ》は、生涯結婚することはありませんでしたが、彼女の歌集を貫いているトーンは、一貫してひとりあることの寂しさであったと言ってもいいような気がします。

父を見送り母を見送りこの世にはだあれもゐないながき夏至の日

永井陽子『小さなヴァイオリンが欲しくて』

雨の日は雨の音聴き晴れの日は春の風聴くひとりの部屋に

同

自分のすべてであった父と母。そのどちらをも見送り、「この世にはだあれもゐない」というのは永井の実感であったでしょう。実際には姉がいたのですが、父母とはまた別の存在であったはず、たったひとりこの世に残されたという思いに、「ながき夏至の日」を呆然と過ごしたに違いありません。「雨の日は雨の音」を聴き、「晴れの日は春の風」を聴いても、それを伝える人がいない。

自分が何を感じたか、何に感激したか、そんな自分の思いを伝える人がいないと感じるとき、人はひとりある寂しさをもっとも痛切に感じるものではないでしょうか。そんな寂しさが極まった一首が、次の歌かもしれません。

ここに来てゐることを知る者もなし雨の赤穂にはとり三羽

永井陽子『小さなヴァイオリンが欲しくて』

ふらりと「雨の赤穂」に出かけたのでしょうか。何かを見たいという具体的な目的があったとは思われません。ふらりと出かけたのでしょう。ぶらぶらと歩きつつ、ふと気づいたのです。「ここに来てゐることを知る者もなし」。自分がいまこの赤穂に来ていることを知っている人間は、この世に誰もいない。

わたくしが何処に寝泊まりしようとも案ずる親はこの世におらぬ

冬道麻子《ふゆみちあさこ》「塔」2023・8

冬道麻子は筋ジストロフィーのために、四〇年以上を病床で過ごすことを強いられている歌人ですが、両親が亡くなってからは、ヘルパーさんたちの世話になり、彼らが休みになる年末年始は、施設で過ごさなければなりません。「年一度年末年始は外出す担架にて我が家の庭ながめつ」とも詠《うた》っていますが、そんな外出の折、自分がどこへ泊まりに行こうとしているのか、もはや案じてくれる誰もいないことが、自宅を離れて施設で正月を迎えるという侘《わび》しさ以上に、身に堪《こた》えるものと感じられるのでしょう。

私なども、ひとりで生活していますのでよくわかりますが、いま現在の自分の居場所を、この世の誰も知ってくれていないと気づいたとき、愕然《がくぜん》とひとりであることを痛感しないわけにはいきません。人間は、誰かひとりでも、自分のことを見ていてくれる人がいてこそ、生きていけるものではないでしょうか。そんな「誰か」がいないと感じるとき、孤独感は覆いがたいものとして、ひとりの存在を脅かすことになるのかもしれません。

死ぬまへに留守番電話にするべしとなにゆゑおもふ雨の降る夜は

永井陽子『小さなヴァイオリンが欲しくて』

永井陽子は四八歳で自死によって、自らの生を絶ってしまいました。彼女はこんな一首も作っており、これもまた限りなく寂しい歌と言わざるを得ません。作者自身が「なにゆゑおもふ」と呟《つぶや》いているとおり、彼女にもその意図はよくわからないものだったに違いありません。自分の死を知らないで、誰かが電話をくれるかもしれない。その声を、メッセージを留守番電話で聞きたいとでも思ったのでしょうか。歌のなかで留守番電話というものがこれほど悲しい響きとともに使われた例を私は知りません。

運ばれてまた病室にもどりしがつひにひとりと反応したり

小中英之《こなかひでゆき》『過客《かかく》』

ひとりゆゑひとりの夜に刻刻と近づくものをなだめつつをり

同

小中英之も生涯を独身で過ごした歌人でした。若い頃から病気がちで、晩年は、腎不全で入退院を繰り返し、六四歳のとき、虚血性心不全で亡くなることになります。

掲出歌は、腎不全の入院の際の歌ですが、病室に戻ってきても、そこにはひとりの病室があるばかり。誰が迎えてくれるわけでもありません。普段もひとりの孤独を感じてはいても、そんな場面では殊更にひとりが身に沁《し》みる。

また二首目では、「ひとりゆゑひとりの夜に刻刻と近づくものを」にリアリティが感じられます。一見あたりまえのことを言っているようですが、「ひとりゆゑひとりの夜に」のリフレインには、ただひとり病室に時を遣る無聊《ぶりよう》が、いっそうの孤独感となって迫ってくるようです。「刻刻と近づくもの」は、おそらく死の予感といったものであったでしょう。その遠くない己の死への怖れを、「なだめつつをり」というところに、ここでもまた、誰にも訴えることの叶わないひとりの寂しさが顕著です。

病身ゆえの孤独

病身ゆえの孤独感もまた歌では多く詠われてきました。

人皆の箱根伊香保と遊ぶ日を庵《いほ》にこもりて蠅殺すわれは

正岡子規《まさおかしき》『竹乃里歌』

正岡子規が結核性の脊椎カリエスで病臥の身であったことはよく知られていますが、これは病状がさほど重くはないけれど遠出はできなくなっていた一八九八（明治三一）年の作です。「われは」と題された連作八首のなかの一つで、八首はすべて結句が「われは」で終わっています。子規はこのような試みを他にもしていて、「山吹の花」で終わる一〇首の連作を作るなど、新しい創作領域の開拓への意欲を晩年まで持ち続けた作家でもありました。
みんながやれ箱根だ、やれ伊香保だと浮かれている日にも、自分だけは庵に籠もって、病床に意味もなく蠅を殺していると詠います。寂しさというよりは、自嘲を以て、自己を顕《た》たしめているといった強さの感じられる一首でもあるでしょう。一連には「吉原の太鼓聞えて更くる夜にひとり俳句を分類すわれは」という一首もあり、俳句分類に没頭していた時期の子規の一面をうかがい知ることができます。

わが胸にさぶしきすきまあるゆゑにすきま灯せりひとかげを立て

渡辺松男《わたなべまつお》『雨《ふ》る』

きみ逝きてわれは百歳年とれど生きてゐるかぎりきみにとどかぬ

同

渡辺松男は筋委縮性側索硬化症（ALS）によって長く病床にありながら、旺盛な作家活動を続けてきた歌人です。しかし、運命の過酷は、そんな渡辺を支え続けた妻を、病《やまい》で死へと押しやります。遺された渡辺は、妻亡き生への不安とその寂しさに否応なく立ち会うことになりました。「わが胸にさぶしきすきま」は、もちろん妻が亡くなったゆえに、心に開いた「すきま」に他なりません。そのすきまに火を灯すと、そこからは人影、妻の面影が見えるというのです。しかし、この「すきま」が埋まることは遂になく、その彼方の闇が押し寄せるばかり。

二首目はより直截《ちょくせつ》であり、あなたが逝ってしまって、自分は一気に百年も齢《とし》をとってしまったけれど、たとえ百年齢をとったとしても、自分が「生きてゐるかぎりきみにとどかぬ」と詠います。この世にいるかぎり、どれだけ時間が経っても、ふたたび君に会うことはできない。それは、まさに死と隣り合わせの寂しさであるに違いありません。そして、それはまた、伴侶を亡くした誰にも共通して押し寄せる痛恨の思いでもあるでしょう。

孤独があってこその自己省察

孤独の思いは齢を重ねるごとに深くなるものではありますが、一方で、孤独であることにやすらぎに近い思いを抱くことも確かにあると私は思っています。ひとりだとしみじみ感じるとき、自分という存在がくっきりとした輪郭をもって見えてくる、そんな自分をひとりであるが故に愛おしく思われるといった感情も確かにあるものです。

秋の夜のつめたき床にめざめけり孤独は水の如くしたしむ　　前田夕暮《まえだゆうぐれ》『収穫』

平安のごとき孤独にわれは居り車窓は濡れてかぎりなき雪　　上田三四二《うえだみよじ》『黙契』

語りうることの羨《とも》しさ愚かさを噛みしめてまた孤を深めゆく

三枝浩樹《さいぐさひろき》　『朝の歌』

前田夕暮の『収穫』の上巻は、冒頭から女性との別れの歌が延々と続きます。そのなかの一首が掲出歌ですが、女性と別れ、「つめたき床にめざめ」た作者が、「孤独は水の如くしたしむ」と詠う。この「水の如く」は、どのような「如く」であるのか、おそらく作者にも確《しか》とはわかっていないのでしょう。しかし、その孤独を嘆いたり、拒絶しようとするのではなく、それに「したしむ」と詠うところに、孤独に浸りつつも、別れた女性との関係を含めて、自己を見直す契機を模索している気分が感じられます。

上田三四二の「平安のごとき孤独」は、より直截に独りであることの大切さを詠っています。車窓を濡らしつつ、かぎりなく降る雪にぼんやり目をやりながら、作者は「平安のごとき孤独にわれは居り」と詠う。第一歌集『黙契』の冒頭部にある一首ですが、当時上田は、京都帝国大学医学部を出て、医学研究科の大学院生かインターンの時期であったはずです。日々の心躍る研究、あるいは医の臨床現場にあって、その快い疲れのままに帰途についたのでしょうか。車中での独りの時間は、臨床現場で人に揉まれ、研究に精力を費やしてきたあとの貴重な「平安の」時間だったに違いありません。そんな独りの時間がなければ、明日への心の準備も自己確認もできないという場合も、確かにあるはずです。

三枝浩樹の『朝の歌』は、これもまた彼の第一歌集です。実は私はこの歌集の解説を頼まれ、初めて歌集の解説なるものを書いたのでした。私の二七歳のときの文章であり、いま読み直してみると、気負った、トーンが一オクターブ以上高いというまことに気恥ずかしい文章で顔が赤らみますが、当時は精一杯の力を込めて書いたものでした。

「語りうること」の限界を、この若い作者ははっきりと見定めています。語れることは羨ましいことではあるが、一方でそれは愚かしいことでもあると言います。そんな苦い認識を噛みしめることは、即、己の孤を深めゆくことにならざるを得ない。語り得ないことの大切さ、それこそが真実だということをしっかり自覚しながら、作者は孤の世界に沈もうとしているのでしょうか。孤を寂しさととらえるのではなく、孤こそが自らが籠もるべき砦だといった、若い気負いの感じられる一首でもあるでしょう。

第三部　たのしみへ

食のたのしみ　死ぬ日までごはんを炊けるわたしでゐたい

茂吉の鰻

食べ物をもっともよく詠《うた》った歌人は誰か。興味のある問題ですが、私にはわかりません。

しかし、「鰻《うなぎ》と短歌」と言ってみれば、誰もが同じ歌人を思い浮かべるはずです。斎藤茂《さいとうも》吉《きち》。

これまでに吾に食《く》はれし鰻らは仏《ほとけ》となりてかがよふらむか

斎藤茂吉 『小園』

もろびとのふかき心にわが食《(は)》みし鰻のかずをおもふことあり

同 『つきかげ』

茂吉の鰻好きはつとに有名ですが、日記にはいつ、どこで鰻を食ったかが詳細に記されています。それを丹念に調べた人もあって、一九三五（昭和一〇）年から四四年までの一〇年間に合計五五二回も鰻を食ったというから驚きます（古川哲史『定本斎藤茂吉』［有信堂］）。一九三五年は実に年間八四回。戦争中の贅沢が禁じられていた、そして鰻など得るのが難しい一九四四年なども含めてですから、執念さえも感じさせる鰻三昧と言えるでしょう。当然、歌もおもしろい。

まあ、それにしても、こんなことを丹念に調べて研究発表をする人も、茂吉に劣らずおもしろいのかもしれません。そういえば、茂吉の研究のなかで、代表作「死にたまふ母」に注目し、その夜、茂吉は自宅から何時にどの電車に乗って、どういう経路で上山《かみのやま》まで母の死に目に逢うために急いだのか、それをまことに詳しく調べた研究を読んだこともありました。そんな一見ばかばかしいような研究を誘うまでに、斎藤茂吉という歌人は魅力があったのだと言ってもいいでしょう。

一首目は、自らの鰻好きを自覚しつつ、これまでに食った鰻に対する懺悔《ざんげ》の気分でもあるでしょうか。鰻たちは自分の腹のなかで「仏となりてかがよふらむか」と、どうも身勝手な成仏を願っている雰囲気です。二首目は、文字通り自分の食った鰻の数に思いをいたしている歌ですが、「もろびとのふかき心に」というのが、なんとも大げさで噴き出してしまいます。茂吉には、このような真面目なのかふざけているのかわからない、人を喰ったような魅力的なフレーズが多く見られます。

茂吉は単に鰻が好きだっただけではなく、鰻を食うことが己の元気につながると信じていたようです。茂吉の書いたものや言動からも、元気のために食うという側面が確かにあった。そう言えば、鰻は万葉集にも詠われていることをご存知でしょうか。やはり元気のもと、栄養の面が昔から知られていたようでもあります。

石麿《いはまろ》にわれ物申《ものまを》す夏瘦《やせ》に良《よ》しといふ物そ鰻《むなぎ》取り食《め》せ

大伴家持《おおとものやかもち》　万葉集　巻第十六

岩波の『日本古典文学大系　萬葉集』には「石麿さんに申上げますが、夏瘦にききめがあるということですよ。鰻を取って召上ってくださいまし」との訳があります。ここにからかいの気分があることは大系本の言うとおりでしょう。「物申す」のもったいぶった言い方、「鰻取り食せ」の馬鹿丁寧な口調がまさにそんな気分です。

ひと老いて何のいのりぞ鰻すらあぶら濃過《こす》ぐと言はむとぞする

斎藤茂吉　『つきかげ』

「はじめに」でも採り上げた歌です。あんなに好きだった鰻ですが、さすがに歳《とし》を取って、鰻の油が鼻についてくる。食べられなくなっていったのでしょう。老いはこんなところにこそ実感されるものです。しかし、やはりたかが鰻に「ひと老いて何のいのりぞ」は過剰で、この過剰さこそがまた茂吉の魅力でもあるでしょう。

らーめんとうどん

らーめんに矩形《くけい》の海苔が一つ載りて関東平野冬に入りたり

高野《たかの》公彦《きみひこ》　『天泣《てんきゆう》』

どうも短歌では、豪勢な、あるいは高級な料理は詠いにくいようです。フルコースに高級ワインといった素材が入っていると、どうにも読む気がしなくなるのはなんとも情けない庶民感情なのでしょうが、歌に現れる食材は、庶民的なものが圧倒的に多い。

ラーメンを詠った歌として私が愛誦している一首が、高野公彦のこの一首。上句はごく平凡な描写ですが、下句への飛躍が凄い。ここでどうして関東平野に連想が飛ぶのでしょう。「関東平野冬に入りたり」。ラーメン屋で小さな丼を前にして、この歌人は遥か関東平野全体の冬を感じている。喜びとか寂しさとか、そんなことはどうでもよく、広大な関東平野の片隅に、貧しくラーメンに向かおうとしている自分を感じているのでしょうか。どうにもうまく解説しきれませんが、こんな発想の飛程の大きい一首に出会うと、しみじみと歌を作っていて、そして人の歌を読んでいて良かったと思える瞬間でもあります。

因《ちな》みに高野公彦は一年三六五日、朝食は素麺《そうめん》しか食べないのだそうで、この徹底にも脱帽、感激します。見た目は至極普通のひとなのですが、付き合うほどにつくづくヘンな歌人でもあります（もちろんこれは誉め言葉！）。

箸割りて素饂飩《すうどん》食はむとする手つき親より長く暮らしし人の
河野裕子《かわのゆうこ》『歩く』

つゆの夜やきつねうどんのよろしさは相合傘のよろしさに似て
池田《いけだ》はるみ『妣《はは》が国　大阪』

どちらもうどん。素うどんときつねうどんであるのがいかにも短歌的なのかもしれません。河野の歌は、「親より長く暮らしし人」の、箸を割るときの手つきのぎこちなさ、たどたどしさを、ああ何年経っても昔のままだと、はらはら見ているという図でしょうか。あるいはその手つきを見慣れるまでに長く暮らしてきた自分たちの時間をも思いやっているのかもしれません。

私は中島みゆきのファンですが、彼女の「蕎麦屋」の歌詞にたぬきうどんが出てきたときは、ほんとうに驚き、かつ詩人としての中島みゆきがますます好きになりました。

歌謡曲にたぬきうどんを持ち込んだのは中島みゆきが初めてでしょう。短歌ではまだたぬきうどんを見た記憶がありません。どこか「たぬき」の語感のこっけいさが歌になじまないのかもしれません。

池田はるみの一首はきつねうどん。三角形の油揚げが二枚載っていたことから相合傘を連想したのでしょうか。「つゆの夜や」に、この世界に二人だけで閉ざされているといったしっとりとした安心感と、寂しさがあるのでしょう。

ごはんを炊く

しつかりと飯を食はせて陽にあてしふとんにくるみて寝かす仕合せ

河野裕子『紅《こう》』

ごはんを炊く　誰かのために死ぬ日までごはんを炊けるわたしでゐたい

同

一首目の、食わせて寝かせるのは普通なら子供ということになるでしょう。しかしこの一首で詠われている対象は、前後の歌からも、自らの夫であることに疑いの余地はありません。ほとんど保護者、母親の目線ですが、いかにも河野裕子の歌だという気がします。しっかり食わせて、暖かく寝かせること。それに手を抜くことのないのが、河野裕子の日常でもありました。

二首目は、自らのがんがわかってからの歌ですが、そう長くはない自分の生の時間を思いつつ、「誰かのために死ぬ日までごはんを炊けるわたしでゐたい」というのが切ないところです。残された短い生の実感と、それを生きていくための心の張りとして、「誰かのためにごはんを炊く」ことが、河野裕子を一面で支えていたのでしょう。

じやがいもを買ひにゆかねばと買ひに出る　この必然が男には分からぬ

河野裕子『家』

という歌もあります。河野が亡くなって、自分で料理をするようになると、往々にして思い出す歌になりました。醬油を買いに出るとか、ジャガイモが足りないことに気づくとかがしょっちゅうあって、まったく料理というものをしたことがなかった、さらに関心さえなかった自分を思って、今さらながら申し訳なく思わずにはいられません。
歌壇でもフェミニズム運動が盛んになり、主婦の仕事をシャドウワークとして、女性の歌人はもっと大切なことを詠わなければといった傾向が激しくなったときがありました。そんなときにも「良妻であること何で悪かろか日向の赤まま扱《しご》きて歩む」（『紅』）と詠って、平然としていたのが河野裕子でもありました。

大学と原稿書きと家事炊事といづれか愉《たの》しき　家事炊事愉し
島田《しまだ》修三《しゅうぞう》『秋隣小曲集』

飯を炊き伊勢いもを擦りほたる烏賊《いか》を酢味噌に和えて夕餉とゝのふ
同

妻を亡くして以来、私はひとりで外食はせず、出来合いの総菜を買うこともせず、いちおう律義に家で自分の食事は自分で作っています。しかし、同じく妻を亡くした島田修三はもう少し家事炊事に積極的に愉しみを見いだしているようです。島田は大学の学長を務める学者でもありますが、「大学と原稿書きと家事炊事と」を較べたらどれが愉しいかと自らに問いかけ、それは家事炊事に決まっているだろうと言い切る。ある意味、その強がりが切ない歌でもあります。それ故に料理もなにやら旨《うま》そうで、二首目にはそのメニューが挙げられて、男の手料理としてなかなかのもの。私も負けているかもしれない。
しかし、そうして料理をしても、食べるのが独りというのが男やもめの辛《つら》いところ。

鶏五目飯チンして食べることをして中期高齢者われ昼の食《しょく》をはる

小池《こいけ》　光《ひかる》『サーベルと燕』

同じく妻を亡くしたひとり者でも、小池光は適当に出来合いのものを買ってきて、それをチンして食べているようです。他になにも付け合わせのものもなく、ただ鶏五目飯のパックだけなのでしょう。「中期高齢者われ」に己の戯画化の意識が見えていますが、そうでも言っておかなければやりきれないということでもあるでしょう。この侘《わび》しさを楯として歌を作り続けていると言ってもいいでしょうか。

一人鍋と孤食

「一人鍋」とう寂しき食を求めきて急ぐ家路に銀杏(いちょう)舞散る

数又みはる　朝日歌壇2004・1・12

鍋だけは一人でするもんじゃないなと父が小さく笑う寒い日

独り食む食事は餌と言いあいてシングル三人《みたり》鍋囲みおり

星田美紀　朝日歌壇2009・1・26

畠山時子　朝日歌壇2011・2・21

一人であることを身に沁《し》みて感じるのは食事時、わけても鍋を食べる時でしょうか。同じ鍋から蟹《かに》や鱈《たら》、野菜などを箸で取り出す誰かが居てこそ、鍋は楽しいものなのです。そう、鍋はみんなで囲む料理なのです。

「ひとり鍋」というパックが売られているのを知りませんでしたが、それを買って家路を急ぐ数又みはるも、娘に「鍋だけは一人でするもんじゃないな」と小さく笑う星田美紀の父も、鍋が好きなだけに、独りの鍋がいっそう寂しい。

畠山時子の歌もおもしろい。一人でとる食事は、食事なんてものではなく、餌だよねと互いに笑い合うシングル三人。日頃のそんな鬱憤を吹き飛ばそうとでも言うように、三人でがやがやと賑やかにテーブルを囲んだのでしょう。そんなときはもちろん鍋に限るというわけです。

「孤食」とは何たる侘しき語彙ならむ娑婆であろうが獄であろうが

郷　隼人　朝日歌壇2002・9・2

かつて朝日歌壇の常連であった郷隼人は、カリフォルニアの刑務所で終身刑の判決を受け服役中です。鹿児島出身であることから、ペンネームが郷隼人。一九九六（平成八）年に朝日歌壇に初入選して以来、掲載歌は三三〇首を超えているといいます。ファンクラブまでできているという人気歌人でもあります。

獄舎ではいつも独りで食事をしているのでしょうか。「孤食」という言葉の侘しさを思う作者ですが、その侘しさを、「娑婆であろうが獄であろうが」と詠えるのは郷隼人以外にはいないでしょう。語彙の侘しさを詠っていますが、それはとりもなおさず、己の生の侘しさ、孤独でもあるはずです。

期限の知れない獄中生活にあって、唯一世界と繋がる手段として郷隼人には歌がありました。そんな意味をも、もう一度考えてみたいものです。

酒のたのしみ　酒はしづかに飲むべかりけれ

「歌壇酒豪番付」というものがあって、私はまだ西の横綱のはず。「西の」と言っても、東が正横綱という訳ではなく、住んでいる地域による分け方であり、個人的には歌壇でもっとも酒が強いと自負しています。まあ、ばかばかしい自慢ではありますが……。

短歌に酒の歌がなかったら、歌の世界はとても寂しいものになることでしょう。個人的に酒が好きなこともあるが、酒の歌は読んでいていつも楽しい。

大伴旅人の酒

酒の歌と言ってまず思い出すのは、大伴旅人《おおとものたびと》と若山牧水《わかやまぼくすい》。まずこの二人の名が挙がるのは、大方の意見の一致するところ。双璧《そうへき》と言っていいでしょう。

験《しるし》なきものを思はずは一杯《ひとつき》の濁《にご》れる酒を飲むべくあるらし

大伴旅人　万葉集　巻三

なかなかに人とあらずは酒壺《さかつぼ》になりにてしかも酒に染みなむ

あな醜賢《みにくさか》しらをすと酒飲まぬ人をよく見ば猿にかも似る　　同

この世にし楽しくあらば来《こ》む世には虫にも鳥にも我はなりなむ　　同

　　同

旅人には「大宰帥《だざいのそち》大伴卿、酒を讃《ほ》むる歌十三首」という一連があり、連続した一三首がまさにすべて酒の歌。

一首目では、甲斐のないことを思って嘆いているよりは、一杯の濁酒でも飲むに如《し》くはないと言い放ちます。めそめそしてないで、まあいっぱい飲めや、といったところでしょうか。二首目では、なまじっか人として、この世に汲々《きゆうきゆう》と生きているくらいなら、酒壺にでもなって、しかも酒を存分にわが身に沁《し》みこませたいものよと嘯《うそぶ》き、三首目では、ああみっともない、酒を飲まずに賢ぶっている輩《やから》は、よく見るとまことに猿によく似ているよと、これはまあ憎まれ口といったところでしょうか。そして最後は、この世で酒を飲んで楽しくさえあれば、後の世では虫でも鳥でも何にでもなってやるよ、と豪語。どの歌もよく言った、まさに酒飲みの意気と矜持《きようじ》と、手を叩《たた》きたくもなる。

しかし、実は当時の大伴旅人は決して安穏とした仙人境に遊ぶといった状況ではありませんでした。旅人は七二七（神亀四）年頃、九州の大宰府に赴任することになります。藤原氏の栄華とは対照的に、武門の誉れ高い大伴氏の力が目に見えて弱くなり始め、その流れを受けての大宰府への赴任でした。左遷とまでは言えないにしても、鎬《しのぎ》を削っていた権力闘争の場からは、明らかに遠い場に追いやられたことはまちがいありません。そして間もなく、愛妻大伴郎女《いらつめ》を亡くします。さらに都では長屋王事件などがあり、大伴氏の存続に関しても風雲急を告げるといった状況でした。

世の中は空《むな》しきものと知る時しいよよますます悲しかりけり

大伴旅人　万葉集　巻五

酒の歌だけでは旅人に失礼ですから、この一首も挙げておきますが、妻を亡くしたときの歌です。意味的にはほとんど何も言っていないに等しい単純な一首ですが、妻を亡くした哀《かな》しみがしみじみと感じられる。旅人は一三首もの挽歌《ばんか》を作り、これは「亡妻挽歌」とも呼ばれますが、万葉集では例を見ない数とも言えます。

旅人の酒浸りは、ある意味、大伴氏の棟梁《とうりょう》としての失意と憤怒、また個人的には妻を亡くすなどといった悲しみからの逃避でもあったのかもしれません。

先の三首目などが揶揄《やゆ》している「賢しらをすと酒飲まぬ人」は、都で汲々と権力にしがみついている人らへの醒《さ》めた視線であるのかもしれない。しかし、そのような状況にもかかわらず、じめじめした鬱屈感や怨念などを微塵も感じさせないところが、これら讃酒歌一三首の真骨頂でもあり、さすが旅人と思わずにはいられません。

若山牧水の酒

大伴旅人をもっとも強く意識していたのが、若山牧水であったことはまちがいありません。なにしろ長男の名前まで若山旅人。なんだか迷惑な名前ですが、牧水の、旅人への思い入れがよく表れた命名と言うべきでしょう。

白玉《しらたま》の歯にしみとほる秋の夜の酒はしづかに飲むべかりけれ

若山牧水　『路上』

牧水の酒の歌で、もっとも人口に膾炙《かいしや》したと言えばこの一首でしょう。単純ですが、律調の整った、格調高い一首と言っていい。酒の歌としては、万葉以来の古典和歌も含めて、まずこの一首に勝る歌はないと、私は個人的には思っています。もちろん牧水には「幾山河《いくやまかは》越えさり行かば寂しさの終《は》てなむ国ぞ今日も旅ゆく」などのよく知られた歌もありますが、この酒の歌一首を残せただけでも、歌人としての牧水の幸せはあったと言うべきでしょう。

近現代だけでなく、古典和歌から数えても、牧水ほど酒の歌の多い歌人はありません。短い生涯でしたが、その間に作られた八六〇〇余首のうち、酒の歌が三七〇首ほどもあるというから驚きます。二〇首に一首は酒の歌！

かんがへて飲みはじめたる一合《がふ》の二合の酒の夏のゆふぐれ

若山牧水『死か芸術か』

今日は飲もうか、飲むまいかと迷いつつ、まあいいかと飲み始め、その一合《ごう》がつい二合になり、と杯は進む。結句の「夏のゆふぐれ」が素晴らしく、一合、二合の味わいが歌の余韻として、夕暮れの光に漂っている。端正な歌ではありますが、実感としてすっとこちらに入ってきます。

この一首のように、一合、二合くらいでいい気分になって、「夏のゆふぐれ」の風情に浸っていたのならよかったのですが、牧水の酒はとてもそんなものではなかった。それは、大悟法利雄《だいごほうとしお》ら弟子の証言でも明らかになっています。

牧水は一日に一升《しょう》の酒を飲んだと伝わっています。朝に二合、昼二合、夜に六合などとも言われていますが、どうやら実際にはそんなものではなかったらしい。晩年には、日に二升は飲んでいたとも伝わる。今日は原稿が書けたからさあ飲むぞ、今日は歌ができなかったから、やけくそで飲むか、といった雰囲気で、身につまされます。

酒飲みとしてはよくわかる言いぐさですが、その結果は当然のことながら肝硬変。四三歳の若さで亡くなりました。亡くなったのは九月。まだ暑い時期でしたが、亡くなってだいぶ経っても死臭がしなかったという医師の証言が残っています。生きたままアルコール漬けになったのではと驚かせたといいます。

それほどにうまきかと人のとひたらばなんと答へむこの酒の味

若山牧水　『白梅集』

人の世にたのしみ多し然《しか》れども酒なしにしてなにのたのしみ

同　『くろ土』

牧水の酒の量にあきれて、そんなに旨《うま》いのか酒は、などとからかい半分に訊《たず》ねた人がいたのでしょうか。そんな愚問に答えてなどいられるかといった口吻《こうふん》の一首目。人の世には楽しみはそれなりに多いけれど、酒がなくて何の楽しみがあろうか、というのが二首目。「酒なくて何で己が桜かな」と言ったところでしょうか。何を措《お》いてもまずは酒、というのが牧水の生そのものであったと言ってもいい。

君が唇《くち》へたくみに馴寄《なよ》る盃《さかづき》のなまめかしさにさびしくなりぬ

若山喜志子《きしこ》　『無花果《いちじく》』

そんな牧水を案じていたのが妻の喜志子であったことでしょう。夜毎の晩酌に付き合っているのでしょうか。こよなく酒を愛し、陶然としながら盃を口に運んでいく。その手つきを見ながら、盃が「君が唇へたくみに馴寄る」と詠《うた》っているのがおもしろい。牧水が盃を口に運ぶのではなく、盃の方が牧水の唇に「馴寄る」のだというのです。

しなしなとしなだれるように引き寄せられていく盃は、どこか女人の科《しな》さえ感じさせ、喜志子はそんな「盃のなまめかしさ」に嫉妬しているのかもしれない。傍らの妻さえ目に入らないまでに陶然と酔いに浸り、盃と愛を交しているような夫に「さびしくなりぬ」と呟《つぶや》くのも、これは酒飲みの亭主を抱える奥方には、強い共感を得られるところかもしれません。

酒が呼んでいる

妻が眼を盗みて飲める酒なれば惶《あわ》て飲み噎《む》せ鼻ゆこぼしつ

若山牧水　『黒松』

足音を忍ばせて行けば台所にわが酒の壜は立ちて待ちをる

同

そんな牧水ですから、酒へのいじらしくも、いじましい執着の歌がこれまた多く、どれもわが身に引きつけて切なくも笑ってしまう。牧水の酒好きは、喜志子にとっては悩みの種。厳しく監視され、嫌みを言われていたのかもしれません。その妻の目を盗んで、台所へ抜き足差し足、一升瓶ごと飲もうとしたのでしょうか、案の定、「惶て飲み噎せ鼻ゆこぼしつ」という始末。牧水の面目ここにありと言いたくなる一首でもあります。

二首目も同じく酒を盗み飲みに台所へ忍んで行ったときの歌ですが、「わが酒の壜は立ちて待ちをる」がなんとも可笑《おか》しい。自分が来るのを酒瓶がいまかいまかと、「立って」待っていてくれたというのです。愛《う》い奴よとでも言いたげな、牧水の頬ずりまで見えてきそうな一首。

近う参れ近う近うと呼ぶゆゑに夜ごと〈伊佐美〉の瓶に近づく

高野《たかの》公彦《きみひこ》『甘雨』

牧水の二首目からは、すぐに高野公彦のこの一首を思い出します。高野も（たぶん！）無類の酒好き。牧水と同じように酒瓶に引き寄せられていくタイプなのでしょう。「伊佐美」は鹿児島の焼酎です。私は鹿児島の南日本新聞の選者を長くやっていることから、焼酎を、なかでもこの「伊佐美」を頂くことが多い。旨い焼酎で、私も好きですが、高野は「夜ごと〈伊佐美〉の瓶に」

引き寄せられていくのは、「伊佐美」の方から、「近う参れ近う近うと呼ぶゆゑ」なんだと詠う。なんとも身勝手な言い分と言うほかはない。

牧水の先の歌と、高野公彦のこの歌は、私のなかでセットとして記憶されています。歌には、こんな記憶のされ方があり、ある一首を思い出すと自動的に別の一首が思い出されるということが往々にしてあるものです。そんな風に記憶の戸棚に隣り合って蔵《しま》われることも、歌の幸せの一つであるに違いありません。

騒がしき酒場の卓にほほえみをたたえる酒の縁《へり》に口寄す

岡部《おかべ》桂一郎《けいいちろう》『一点鐘《いってんしょう》』

これも酒を愛する人ならではの一首でしょう。騒がしい酒場の隅に一人で酒を飲んでいる。岡部の居るその場所だけが、まわりの騒音から隔絶された世界なのでしょう。そうして一人で酒を愉《たの》しんでいると、酒を湛《たた》えた猪口《ちょこ》の縁が「ほほえみをたたえ」て自分を誘っているように感じられるのだと詠う。ささやかな桃源郷といった趣きです。

同じひとり酒でも、夫が亡くなった後の日々に、ひとりで部屋で飲むとなると、

ものぐさささここまでくればあとがない湯呑み茶碗にワイン注ぐなど

なんて飲み方にもなる。宮英子はワインが好きでしたが、一人になり、歳《とし》もとってくると「ものぐささ」に勝てなくなり、せっかくのワインも湯呑み茶碗に注いで飲むことになると詠うのです。ワインは気取って詠われるととても読めなくなってしまいますが、こんな風に日常性のなかに置かれると、立派に歌の素材となるものです。

ワインなら二人、日本酒なら一人いずれがよきかそれは決めない

三枝《さいぐさ》昂之《たかゆき》『世界をのぞむ家』

なるほど言われてみれば、その通りかもしれない。私は残念ながらいま一人でワインを飲むことが多いのですが、日本酒は一人で飲むのに趣きがあるが、ワインを一人で飲んでいるのはわびしさ以外のものではないような気がします。「いずれがよきかそれは決めない」と三枝は詠いますが、二人でワインを楽しんでいた時間の掛け替えのなさをしみじみと思ったりもするのです。

二日酔いの歌など　それより後は泥のごとしも

カッコいい酒飲みの歌

しみじみとした酒の歌のイチ推しが、前に触れた若山牧水《わかやまぼくすい》の、「白玉《しらたま》の歯にしみとほる秋の夜の酒はしづかに飲むべかりけれ」だとすれば、カッコいい歌の代表を佐佐木幸綱《ささきゆきつな》のこの一首に求めたいと私は思っています。

さらば象さらば抹香鯨たち酔いて歌えど日は高きかも

佐佐木幸綱　『直立せよ一行の詩』

これは、佐佐木幸綱三三歳のときに出版された第二歌集ですが、そのタイトル『直立せよ一行の詩』からしてカッコよく、かつ時代を色濃く反映したものになっています。なよなよと撓《しな》うような、あるいはしなだれかかるような歌ではなく、歌に、「直立せよ」と命令している。しかも、直立するのは「歌」ではなく、「一行の詩」なのだと定義するところに、新しい時代の歌を自分たちの世代が作っていくという熱さが感じられます。まだ、桑原武夫によって提起された「第二芸術論」の痛手から、歌壇が十分に立ち直れていなかった時代の、若い歌人たちの気負いと息吹きを象徴したタイトルでもありました。

昼日中から飲み始めたのでしょうか、酔いがまわるにつれて、大声で叫びだしたくもなる。小さなことでくよくよしているのがばかばかしくなり、何でもいいから大きなもの、陸と海のそれぞれ最大の動物たちに、「さらば象さらば抹香鯨たち」と呼びかけたくなったのでしょう。ほとんど意味のない、意味不明の高歌放吟の類なのです。旧制高等学校の生徒なら、さしずめ寮歌などを歌って気炎を吐いていた、その現代版であるのかもしれません。しかし、こんなおおらかな酔い方は、歌としてカッコいい。

月下独酌一杯一杯復《また》一杯はるけき李白相期《あいき》さんかな

佐佐木幸綱　『直立せよ一行の詩』

佐佐木幸綱にはもう一首、私の偏愛している歌があります。これら二首は、実は拙著『現代秀歌』（岩波新書）のなかにも引いて鑑賞しているのですが、重複するとは言え、酒の歌となればこの二首に触れない訳にはいかない。

これもなんともスケールの大きな歌です。何より、遥かな時間を遡って、李白と酒を酌み交わさんとしているのがいい。李白には「山中《さんちゆう》にて幽人《ゆうじん》と対酌《たいしやく》す」という有名な七言絶句があり、そのなかに「一杯一杯復一杯」なるフレーズが出てきます。李白には、ほかに「月下独酌」という一四句からなる五言古詩があり、佐佐木の一首には、この両者が組み入れられているというわけです。

一方は象や鯨を相手に、いま一方は遥かな時間を隔てた中国の偉大な詩人李白を酒の友として、いずれもまことに気宇壮大な、そしてカッコいい歌には違いない。

酔ぃはさめつつ月下の大路帰りゆく京極あたり定家に遭わず

永田和宏『やぐるま』

私は人生のほとんどの時間を京都で過ごしてきましたが、京都は不思議な空間であり、どこか時間をワープして古い時代に出会う町でもあります。いろんな時間が並行して流れている町であるかもしれない。だいぶ酔っての帰り道、京極や寺町通りをふらふらと歩いていると、その曲がり角でばったり定家に遭いそうな気もしてくる。

実際、寺町通り二条のあたりに「此附近《この》　藤原定家京極邸址」という石碑があります。時代は遥かに違うはずなのに、後鳥羽院に呼ばれて、せかせかと道を急いでいる老定家に出くわす、そんなことが起こっても何ら不思議がないという、京都はそんな町でもあるのです。やあやあお久しぶり、なんて挨拶を交わしてすれ違っても不思議ではない、そんな気分になるのも、酔っているからに違いない。

酔いの醜態

佐佐木幸綱のようなカッコいい酒飲みの歌を作ってみたいと思うのですが、総じて言えば、私の酒の歌はどうにもだらしのない酔いの歌ばかりのような気がする。

思い出せぬ昨夜の酔いの細々《こまごま》を再現し朝の妻仮借なし

永田和宏『風位』

酔って帰ったことまでは覚えている。しかし家に辿《たど》り着いて、それからあとのことはまったく記憶にない。

ところが翌日。機嫌が悪いはずなのに、なんとも明るい妻がいる。なんだか不気味。その妻がいかにも丁寧な口調で、昨夜の私の行状の一部始終を再現してくれるのです。勘弁してよと言いたいけれど、なにぶん何の記憶もないのだから、どうにも反論できない。ひたすら身を縮めている以外はないという、なんとも情けない酔いの歌ではあります。

深酒をあわれまれつつ湯にひとり己がふぐりを摑みて浸る

永田和宏『やぐるま』

「私が死んだらあなたは風呂で溺死する」そうだろうきっと酒に溺れて　同　『風位』

深酒のあとの風呂は危険であることは分かっていても、どうしても風呂に入ってしまう。二首目は、生前の河野裕子《かわのゆうこ》の口癖でしたが、彼女の死後も、やはり酒のあとの風呂が続いている。目が覚めたら外が明るかったなどということもあり、なんだか彼女の予言が当たりそうな気がしています。まあ、それもいいかと開き直ってはいますが。

しかし、このテの悪酔いの歌は数えだせばキリがないと思えるほどに、あるわ、あるわ。

昨夜《よべ》ふかく酒に乱れて帰りこしわれに喚《わめ》きし妻は何者　宮《みや》　柊二《しゅうじ》『晩夏』

宮柊二と言えば、言わずと知れた大歌人ですが、その一面で酒のうえのエピソードにも事欠かない、愛すべき歌人でもあります。新宿裏にあった呑み屋で、同じく歌人の玉城徹《たまきとおる》と酔って口論になり、二人がもみ合ったまま階段を転がり落ちたなどという話がもっともらしく語り継がれています。こういう生身の歌人同士のたわいない、あるいはくだらないエピソードが、現代でももっと多くみんなに共有されることが、短歌という文芸のためには大切ではないかと、私は本気で思っています。

酔って帰った宮柊二に、堪忍袋の緒が切れた奥さんが、大声で怒りの声をあげたのでしょう。かすかな記憶としては、妻の喚き声を思い出すのだが、あれはいったい何者だったのだろう、果たしてわが妻であったのだろうかと、シラフになった今、改めて思う。自らの醜態を棚に上げて、妻の喚き声を咎《とが》めているかのような口調がとぼけています。


電車にて酒店加六《しゆてんかろく》に行きしかどそれより後は泥のごとしも

佐藤佐太郎《さとうさたろう》『歩道』

宮柊二と同時代に生き、双璧《そうへき》でもあった佐藤佐太郎にも有名な酔いの歌があります。酒飲みなら一度や二度はこんな経験もあるでしょう。あの店までは覚えているのだが、そのあと、どうなったのだったか、「それより後は泥のごとしも」に実感があります。

歌人の田村元《たむらはじめ》に『歌人の行きつけ』（いりの舎）というおもしろい本があります。そのなかで、田村がこの「酒店加六」はどこにあったのかを調べた話が載っていて、一首の歌への、彼の徹底した拘《こだわ》りをうれしく読んだことでした。佐太郎の弟子、秋葉四郎《あきばしろう》との対談で、その調査のプロセスを明らかにしています。

詳しく記す余裕がないのですが、「加六は銀座にある飲屋で、菊正宗の上等なのを飲ませた」

と書く佐太郎のエッセイから出発し、まず国木田独歩の短編小説に「正宗ホール加六」という店の名を見つけます。他に現在ではほとんど手に入らない『銀座』や『新版大東京案内』などといった本を渉猟《しょうりょう》し、おまけに当時の東京市の地図を丹念に調べて、ついに「嘉六」という店を見つけ出したのです。漢字は違いますが、「菊正宗」を飲ませる「正宗ホール加六」というところからは、まずまちがいのない調査でしょう。

田村元の、なんとしても調べなければ気が済まぬといった徹底癖の感じられるおもしろいエピソードですが、実はこのような一首への思い入れの深さこそが、歌を後世に残し、延《ひ》いては歌人を育てる大きな力になるものなのです。

うどん屋の饂飩《うどん》の文字が混沌の文字になるまでを酔う

高瀬《たかせ》一誌《かずし》『喝采』

これもおもしろい歌です。「うどん屋」で飲み続けていたのでしょうか。高瀬一誌は確か強度の近眼だったように思いますが、普段でもまちがえそうな「饂飩」と「混沌」。湯気の向こうに下がっていた「饂飩」の札が、次第に「混沌」という文字に化けてゆく。文字が化けるだけではなくて、高瀬の意識そのものが、だんだん混沌としていったのに違いない。このあたりのちょっと肩の力を抜いた詠《うた》いぶりが高瀬一誌の歌のおもしろさでもあります。

二日酔いの無念極まるぼくのためもっと電車よ　まじめに走れ

福島泰樹《ふくしまやすき》　『バリケード・1966年2月』

「酔ってるの？あたしが誰かわかってる？」「ブーフーウーのウーじゃないかな」

穂村《ほむら》　弘《ひろし》　『シンジケート』

一九六九（昭和四四）年に出版された福島泰樹の『バリケード』と、一九九〇（平成二）年刊の穂村弘の『シンジケート』。同じ若者の第一歌集、同じ酔いの歌であるにもかかわらず、この二首の歌の差は、個人差というよりは、時代の雰囲気の差であるような気がします。

福島は学生運動の挫折から（あの当時の全共闘は、挫折に意味を見いだすといった雰囲気がかなりあったものですが）、酒をあおり、結果としての二日酔いに更に敗北感を深くする。その「無念極まる」思いを電車にぶつけ、もっとまじめに走れと、まあ八つ当たり的に無体な要求を突きつけている。実は学生時代、福島のこの一首は私の愛誦歌でもありました。切なく胸を締め付けられるように共感を持っていたのですが、こうして時代を経て読み直してみると、当時の思いとは裏腹に、なんとも微笑《ほほえ》ましい一首だとも思えてくるのは不思議なものです。歌はまた、時代とともにあるということを改めて感じさせてくれます。

穂村弘の歌では、酔っているのかどうか、「あたしが誰かわかってる？」と恋人に聞かれ、「ブーフーウーのウーじゃないかな」などと、とぼけて煙《けむ》に巻いたといったところでしょうか。このいなし方がまさに現代的で、私たちの時代のとことん酔うまで飲まずにおくものかといった、野暮な一徹さとは違った、スマートさを感じざるを得ません。

逃げとしての酔い

楽しんで飲む、楽しむために飲むという酒はいいものですが、いっぽうで、止むに止まれぬ思いで逃げる様に飲む酒のあることもまた事実でしょう。

晩酌は五勺(しやく)ほどにて世の歎きはやわが身より消えむとぞする

前川佐美雄《まえかわさみお》『紅梅』

『紅梅』は不思議な歌集で、一九四六（昭和二一）年の二月、三月の二か月の歌を中心に、極めて短期間の作品を収めた歌集です。まさに敗戦、終戦の渦中の作品。

「世の歎き《なげ》」は、無謀な戦争で多くの死者を抱えなければならなかった日本に関わる「歎き」でもあったでしょう。しかし、その歎きも、五勺ばかりの酒で「わが身より消えむとぞする」と、自らの歎きの浅さを責める歌になっている。「酒は涙か溜息か」は藤山一郎の代表曲ですが、憂さ晴らしとしての酒は、多くの庶民にとっては、哀《かな》しくはあっても大切なものでもあります。

足を病む子を持つといへど酒飲みて笑ひてもゐき刹那《せつな》刹那に

島田《しまだ》修二《しゅうじ》『花火の星』

島田修二は障害のある子を持っていました。その子への妻の必死の思いに添いたいとは願いつつ、時にそれから逃れるように、仕事と称して、酒場に足を運んだことがあったのでしょう。家には「足を病む」子と妻が待っているのに、今という「刹那刹那」を、同僚たちと笑っている自分がいる。そんな自分を責める思いと、せめてこのくらいは許されよといった切なる声が、酔いの深みでせめぎあっているような歌です。島田修二の代表歌の一つです。

酒の歌は、いくら語っても尽きることがないような気がします。万葉集から現代まで、酒の歌がなければ、歌の世界は遥かに痩せてつまらないものになっていたでしょう。

友ありてこそ　呼び捨てに呼びいし頃ぞ友は友

歌の友

私にはサイエンスの分野で、六〇代になってからできた友人が六人います。研究者仲間からは、何となく「七人の侍」などと呼ばれていますが、仲間の一人大隅良典《おおすみよしのり》さんがノーベル賞をとってしまったので、何やら有名になってしまいました。ともあれこの友人たちは、その仕事を互いに尊敬できる仲間であり、その敬意が根底にあることで、逆に何でも気兼ねなく言える、素晴らしい友人たちです。人生後半でこういう友を得られたことは稀有なことでもあり、幸せなことであると思っています。

一方で、私には歌人の集団にも、人生時間の半分以上を友人としてつきあってきた何人かがいます。

悪口雑言およそ楽しき男ばかり行けば西都原《さいとばる》三層の虹

永田和宏『やぐるま』

私が三〇代の頃でしょうか、歌友の伊藤一彦《いとうかずひこ》、浜田康敬《はまだやすゆき》、志垣澄幸《しがきすみゆき》らと、九州の西都原に遊んだときの歌です。男ばかりの同世代。まことに悪口雑言が許される友を持てることはありがたいことです。

私にはさらにもっと心の深いところで、この友がいてくれるからこそ、自分が歌人を続けて来られたとひそかに思っている同世代の友が少なくとも二人います。尊敬もし、ライバルでもあり、もちろん酒も飲む。何も言わずとも、自分をわかってくれていると感じられる同世代を持っているという安心感は、何ものにも代えがたい財産でもあると思っています。

おもほゆれば歌にかかはる友のほか友と呼ぶべきひとりだになし

大辻隆弘《おおつじたかひろ》　『樟《くすのき》の窓　短歌日記2021』

それをもっと大胆に歌にしたのが、大辻隆弘のこの一首かもしれません。考えてみると「歌にかかはる友のほか」に友と呼べる者は、私には誰もいないとまで断言する。ある意味寂しいことでもありますが、少なからぬ自恃《じじ》の思いも揺曳《ようえい》しているでしょう。歌の友こそが本当の友だ、と。

歌人は歌を通じて、互いにその友の内面をある程度知っている存在なのかもしれません。友人ならば当然、酒など酌み交わしながら、自分の考えていることや、現在置かれている状況、困難などについて話を交わすことがあるはずですが、歌友は、常に歌を読んでいることで、お互いが、敢えて語らない内面の苦悩まで知っていてくれることもあります。説明せずとも、自分の現在をある程度知ってくれているという安心感によって、世間一般の友人関係とはちょっと違った信頼関係を築いているのかもしれない。もちろん逆も真なりとは言っておかなければならないでしょうが。

友から己を見る

友の歌と言われて、多くの人がまず思い出すのは、

友がみなわれよりえらく見ゆる日よ
花を買ひ来て
妻としたしむ

石川啄木《いしかわたくぼく》　『一握の砂』

ではないでしょうか。あまりにも有名な歌で、引くのさえためらわれる一首ですが、ひょっとしたら「友」という存在を思うときの一つの典型を示しているのかもしれない。

「友がみなわれよりえらく見ゆる日」、自分だけがまわりの優秀な友らから取り残されていくような不安に落ち込むことは、誰にも一再ならずあったはずです。そんなとき、啄木はなけなしの金で花を買って、早めに家に帰り、妻とささやかな心慰さむときを持つのだと言います。小市民

的ではありますが、誰にも身に覚えのある感覚であり、啄木の心のやさしさ、ほのぼのとする、などと鑑賞をしているものもときに見かけます。

しかし、私はどうも啄木とは友人になりたくないというのが正直なところ。啄木の屈折した視線がどうにも好きになれない。先の一首の少し前には、

我に似し友の二人よ
一人は死に
一人は牢を出でて今病む
石川啄木『一握の砂』

うぬ惚《ぼ》るる友に
合槌《あひづち》うちてゐぬ
施与《ほどこし》をするごとき心に
同

といった歌を見つけることができます。どちらもよくわかる歌なのですが、わざと露悪的に振る舞っているのかもしれない、その視線のひねくれ方といったものがどうにも鼻について好きに

なれない。卑下自慢という言葉がありますが、そんな匂いを感じてしまいます。

啄木は徹底的に自分の内面を見つめようという歌が多いのですが、そんな啄木の一連の歌のなかで先の三首を読むと、そこにも劣等感でどこか自己を鎧《よろ》っているような、もちろん弱さといえば弱さなのですが、ある種偽悪的な、それでいて自己保身といった匂いを感じてしまうと言えば言いすぎでしょうか。

ただひとり吾《われ》より貧しき友なりき金《かね》のことにて交絶《まじはりた》てり

土屋文明《つちやぶんめい》『往還集』

吾がもてる貧しきものの卑しさを是《こ》の人に見て堪へがたかりき

同

「或る友を思ふ」という一連五首のうちの冒頭二首。同じように友を介して自分を見つめる歌ですが、こちらはずっとストレートで感じがいいと私などは感じてしまう。

貧しかった文明、しかしたったひとり、自分より貧しい友がいた。貧しさを嘆きあいつつも、貧しさゆえに強い心の連帯があったのでしょう。ところがある日、恐らく金の貸し借りに関係するトラブルから、その大切な友とも交わりを断つことになってしまった。

実際の金の貸し借りよりは、もっと精神的なものが原因だったのかもしれません。二首目には、「貧しきものの卑しさ」を友に見てしまう自分、どうしてもそれが見えてしまうのは、他ならぬ自分にこそ、その「貧しきものの卑しさ」があるからなのだと詠《うた》います。この透徹した自己凝視こそが文明の特徴であるとも感じられます。

拙著『知の体力』（新潮新書）に、その人と向かい合っていると、自分のいい面が見えて来て、自分がどんどん開いていくと感じられる人がいる。できればそんな人を恋人に、あるいは伴侶に迎えたいと書いたことがありました。

一方、その人といるとその人の嫌な面ばかり見えてくる相手もときにいるものだ。それ以上に、その人と一緒にいると自分の嫌な面ばかりが見えてくる、そんな人もいるもので、そんな人とはできれば一緒にならないほうがいいとも書きました。

友を択《えら》ぶということは、自分の何を、どんな面を大切にしたいかという選択の側面があるように思います。

悪友と呼びたき友

冒頭からちょっとシビアな話になってしまいました。友について、私の気に入っている自分の歌があります。

呼び捨てに呼びいし頃ぞ友は友、春は吉田の山ほととぎす

永田和宏　『華氏』

利害関係などとは無縁の友人たち。多くは「呼び捨て」に呼んでいた気がします。学生時代には互いにそんな関係であった友も、それぞれが社会に出て、それぞれの立場を背負って再会などすると、自ずから「君」付けや「さん」付けで呼んだりもする。ああ、お互いに呼び捨てに呼んでいられた頃にこそ、「友は友」としてあったのだという感慨。下句は京都大学の学生なら誰もが登っていた吉田山に呼びかけ、その山ほととぎすと昔日の夢を慰めあっているという図でしょうか。

悪友と呼びたき友のいくたりを思ひ浮かべてゐる月の食

永田和宏　令和五年歌会始詠進歌

二〇二三（令和五）年の歌会始のお題は「友」でした。私はもう二〇年ほど選者をやっていますが、この年私の出したのがこの一首。自分では、先の「呼び捨てに」の歌に勝る「友」の歌を作れる自信がなく、今回は「悪友」で逃げたといったところでしょうか。いい友を持つのはもちろん大切なことでしょうが、真に懐かしく思い出されるのは、どこか「悪友」とでも呼ぶ以外な

いような奴。

悪いことも、みっともないことも、馬鹿げたことも、みんな一緒にやってきたような友。悪友はいつまで経っても悪友で、悪友と呼べるからいつまでも親しくつきあえ、そして思い出せるのかもしれません。先の「呼び捨てに」の歌では、呼び捨てに呼べなくなってしまった友人関係を寂しく思うという歌でしたが、そんななかでも尚、悪友と呼びたい友の幾人かが、この月食の月を見ながら思い出されるといったところ。

悪友と呼ぶいちにんをおしなべて好みて持てり男は誰も
今野寿美《こんのすみ》『星刈り』

そんな男の心理をみごとに捉えたのが、今野寿美の一首。男って奴は、なぜか悪友というのを後生大事に持ちたがり、事あるごとにその話をしたがるものだと、これはかなり上から目線ですが、まことに真理を衝《つ》いていると思わざるを得ません。

今野寿美の夫は三枝昂之《さいぐさたかゆき》で、私の古い友人。若い頃は、週に二度は新宿のゴールデン街で飲み明かしたものですが、「あのとき、永田のバカは酔っぱらってさ」などと、得意げに今野に話していたのだろうかと思うと、なんだか楽しくなってきます。

友の呼ぶ僕のあだ名はわるくない他のやつには呼ばせないけど
小宮山碧生《あおい》　令和五年歌会始詠進歌

この作者は中学生。選者会で私が強く推した一首でした。下句「他のやつには呼ばせないけど」がいいですね。お前がつけたあだ名は、まあ悪くない。結構気に入っている。しかし、お前以外の奴には呼ばせないぜというのは、お前だけが友達だからという思いでもあるでしょう。そんな説明をいっさい省いて、「他のやつには呼ばせないけど」で、思いの全てを語っているところが素晴らしいと思います。

歌会始には多くの高等学校や中学校からも応募があり、毎年一人ないし二人は選ばれています。毛筆で書かねばならないなどハードルは高いはずですが、こうして若い世代からの応募が多くあるのはうれしいことですし、わが国の文化がこのような若い世代に受け継がれていくのは大切なことだと思われます。

この友ありて今の我あり

この友ありて今の我ありと言ひ出でて和む心は今のわが幸《さち》
柴生田稔《しぼうたみのる》　『星夜』

君ありていまのわれあり敬語もてけふは退社を告げきたる人

篠《しの》　弘《ひろし》『濃密な都市』

二首ともに、友に感謝する歌です。上句はどちらも同じで、この友がいてくれたからこそ、いまの我があるのだと言っています。柴生田稔が自らの発したその言葉に、自ら心の和むのを「今のわが幸」と喜んでいるのに対して、篠弘のほうは、退社の挨拶に来た友に会っての感慨でしょう。

篠の歌では、「敬語もて」の一句が歌として大切なところです。この友には感謝しきれないほど世話になり、いまの自分があるのは彼あってこそとも思っている篠に、退社を告げに来た友は敬語で挨拶をした。社内での地位が篠より低くなったことを暗に示しており、おそらく昔のようには気安く話ができない関係になっていたのかもしれません。敬語を使われたことで、〈その後〉の二人に流れた時間の長さを改めて感じたのでしょう。

無意味なる劣等感捨てよと諭しくれし君が明け方に米を煮る音

清原日出夫《きよはらひでお》『流氷の季』

清原日出夫は、歌誌「塔」で私の先輩にあたります。京都立命館大学の学生として、六〇年安保闘争に積極的に関わり、デモの歌などで当時の若手歌人の中心的存在でした。
デモの現場の緊迫した情景などが詠われた歌がよく知られていますが、清原には目立たないけれども、思わず本音が漏れたような素朴な歌もあります。清原のうちに巣食っている「無意味なる劣等感」を鋭く察知した友が、そんなものは捨ててしまえと言ったのでしょうか。そんな話をしながら夜遅くまで飲んで、友の下宿に泊まったのかもしれない。朝、その「君」が米を煮ている音に目覚めたというのです。それ以上は何も言っていませんが、そんな友への信頼感が伝わってくる歌になっています。

軽やかな友

友と言うと、私などはどうも男同士の友を想像してしまいがちですし、事実、友を詠った歌は断然男性に多いのは事実ですが、当然、女性にも友は大切な存在であり、歌の素材でもあります。

ママ友はつひに友ではなかりけり道の向かうの銀の自転車
米川千嘉子《よねかわちかこ》『雪岱《せったい》が描《か》いた夜』

米川千嘉子は、ママ友と言って親しんでいた友人たちは、「つひに友ではなかりけり」と、愕然《がくぜん》と知ることになります。子供たちが幼いあいだは、互いに繁く付きあっていても、子供が成長するに伴って疎遠になっていく。個と個として付きあっていたのではなく、子供を介した便宜的な友人関係だったのだと知った痛切な寂しさでしょうか。

踊り子は骨がいのちよ、などと言ひ鎖骨を折りし人を笑はす

栗木《くりき》京子《きょうこ》『南の窓から』

さよならは別れではなく約束と唄へば愉（たの）し六十代われら

同

栗木京子は、趣味を介してかなり遅くなってできた友、あっけらかんとした軽い友人関係を詠います。一首目には「フラダンスの仲間の一人が骨折で先週から入院中。レッスンのあと、皆で見舞いに行く」なる詞書《ことばがき》がついていますが、軽口を叩《たた》きつつ、ある年齢以上の女性たちの付きあいの一齣《ひとこま》が楽しく詠われる。二首目には「同世代の知人と話していたら、みんな来生たかおのファンだった」という詞書があり、歌は「夢の途中」の歌詞を参考にしていますが、下句「唄へば愉し六十代われら」は、一世代前の女性たちには詠えなかった表現であるのかもしれません。

恋人であらねばやさしき言葉もて男友達を励ましている

梅内《うめない》美《み》華《か》子《こ》『横断歩道《ゼブラ・ゾーン》』

梅内美華子は、恋人と男友達という二つのカテゴリーを意識しつつ、恋人でなければ「やさしい言葉」で励ますことも容易にできると詠う。もし恋人であれば、もっと深刻になったり、共に落ち込んだりするのでしょうが、「男友達」という存在であること、そんな関係であることをしなやかに楽しんでいるかのようです。

旅で自分に出会う　いのちありてふたたび

「月日は百代《はくたい》の過客《くわかく》にして、行《ゆき》かふ年も又旅人也」は、松尾芭蕉の『奥の細道』の冒頭。よく知られた一文で、船頭や馬方のように「日々旅にして旅を栖《すみか》とす」る者も多く、「古人も多く旅に死せるあり」と続きます。それ故、「予《よ》もいづれの年よりか、片雲の風にさそはれて、漂泊《へうはく》の思ひやまず」と、芭蕉自身が旅へ駆り立てられる心の騒ぎを述べ、今しも、陸奥《みちのく》への旅に出立しようとするもっともらしい理由付けといったところ。
人はなぜ旅に出たいと思うのか。もちろん知らない土地を訪れて、これまでにない体験をしたいという欲求もあるでしょうが、単なる物見遊山《ものみゆさん》以上の意味もあるでしょう。世界が一冊の本なら、旅行をしない人はその一ページ目しか読まないようなものだなどという言葉もあったような気がしますが、日常世界の狭さを開け放ち、大きな視野と世界を開いてくれるものとして、旅は人生に大きな意味を持ち、また楽しみを与えてくれるものでもあります。

茂吉の足跡を訪ねて

斎藤茂吉《さいとうもきち》は一九二一年（大正一〇）から二四年まで、オーストリアのウィーンとドイツのミュンヘンに、医学の研究のため滞在しました。その間、歌集『遍歴』にも歌が残されていますが、「ドナウ源流行」として知られるドナウ川の源流を訪ねる旅をしています。

なほほそきドナウの川のみなもとは暗黒《あんこく》の森《もり》にかくろひにけり　　斎藤茂吉『遍歴』

ここにしてもろもろのみづ二分《ふたわ》かるRhein《ライン》のみづDonau《ドウナウ》のみづ　　同

「暗黒の森」とはシュバルツバルトと呼ばれる「黒い森」のことですが、下流から上ってくると、どんどん細くなってゆくドナウが、「黒い森」に飲まれるように消えていくのが見えたのでしょう。二首目はもう少し大きな景でしょうか。ライン川とドナウ川は当時実際にはつながっていなかったはずですが、ごく近くに水源をもち、それぞれが二つの川に分かれて行ったようです。

茂吉の「ドナウ源流行」はエッセイとしてもまとめられ、これによって後に続く歌人たちにとっては、ドナウは特別の川になったのでした。いわゆる「歌枕」の発生、形成にあたります。茂吉の足跡を辿《たど》ろうと、以後、多くの歌人が同じ地を訪れることになります。歌枕の旅でもあります。

鷗外茂吉リルケこの地に住みしかど過ぎにしものはかえることなし　高安国世《たかやすくによ》『北極飛行』

菩提樹の名残りの花の匂い立つ雨しずかなるドナウのほとり　同『光の春』

高安国世はドイツ文学、特にリルケの研究者でした。京都大学助教授時代の一九五七（昭和三二）年にドイツに留学しますが、やはり自らの先達、鷗外、茂吉、そして専門としていたリルケが住んでいた地への特別の感慨もあったのでしょう。留学時代の歌をまとめた『北極飛行』には、茂吉の留学時に近いような心躍りが感じられますし、そこにはその列の一端に加われたといった微かな誇りもあるようです。
茂吉のドナウ源流行をもっとはっきり意識した旅行を何度も試みたのは岡井隆《おかいたかし》だったでしょうか。

地下鉄がドナウをくぐる世紀末乗りつつ行けばただに愉《たの》しき
岡井　隆『宮殿』

北風の
ドイツより来て
ヴェネツィアに
死をおもひたる
中年、茂吉
同『伊太利亜』

いのちありてふたたびドナウ源流の岸べをゆきし旅をしぞ思ふ
同　平成二十四年歌会始詠進歌

茂吉が源流を辿ったドナウ川も、この世紀末にはすでにその下を地下鉄が走る時代になっています。そんな変化から逆に茂吉の時代との時間を思い、かつドイツからヴェネツィアへ来た当時の茂吉に、死の意識があったと詠《うた》うのは、岡井自身にも同じ思いがあったからにほかならないでしょう。お題が「岸」で募集された歌会始の一首は、もちろん選者としての出詠ですが、かつて茂吉のドナウ源流行をなぞるように旅したことを長く大切な思い出としてきたことがうかがえます。

茂吉が行った、そのことのゆえに、ある場所が特定の場所として歌人たちの意識する場となる。歌枕は決して場所に意味があるのではなく、自分たちの敬愛する歌人が歌を詠んだということによって意味が生じた場なのでもあります。それが世代を超えて受け継がれていくところに、歌の力があり、歌人がある時代を生きていたことの意味もまたあるのだと言ってもいいでしょう。

セーヌ川の源訪《（と）》はむと走りたりき子犬のやうに跳ねるPEUGEOT《プジョー》で　村上和子《むらかみかずこ》『しろがね』

丈高き冬木の梢に掛かる見ゆ月の脱け殻のやうなやどりぎ　同

こちらは直接茂吉と関係はないのですが、どうも川を見ると源流を見てみたくなる。これは洋の東西を問わずある志向のようなものかもしれない。

作者は、夫と二人でセーヌの源流へと車を走らせたのでしょう。レンタカーでしょうが、フランス製の小型のプジョーが、「子犬のやうに」跳ねるというのが、いかにもこれから源流へ向かうという心躍りともうまく連動しています。私たち家族も、バルビゾン辺りまではセーヌに沿って走ったことがありましたが、いまでもいちばん印象に残っているのは、ヤドリギの多さでした。「月の脱け殻」というのが、この作者に独特の感覚でしょう。

病を抱えた旅

歌枕としてのドナウを訪ねるという、ちょっと特殊な例を出しましたが、もっと悲しく切実な旅もあります。

難民テントのごときテントに岩盤浴の一人となりてわれも臥《ふ》すなり　　春日井建《かすがいけん》『井泉』

失ひて何程の身ぞさは思へいのちの乞食《こつじき》は岩盤に伏す　　同

九十四歳母は待つなり健やかになりて戻りてくる筈《はず》の子を　　同

秋田県の玉川温泉は、天然ラジウム温泉ですが、入浴のほかに、がん患者のための岩盤浴が行われていることでも知られています。微量放射線によるホルミシス効果があることは謳われていますが、全国から引きもきらず癌患者さんたちが集まるのは、この岩盤浴によってがんが消えたという噂が大きく作用しているからです。その効果について私自身は否定的ですが、ここに来たいという思いは十分にわかります。

春日井建は六〇歳のときに咽頭がんの告知をうけ、その五年後に亡くなることになりました。がんの再発のあと、彼もまた玉川温泉に身を養うことになります。

前衛短歌の若きホープとして三島由紀夫をして「現代の定家」とまで呼ばせた異才。彗星のごとく歌壇に登場し、もっとも注目の集まっている時期に、敢然と歌壇を去る宣言をして歌との別れを告げた、ハンサムでカッコいい歌人でもありました。その春日井建が、難民テントのようなテントの中で、岩盤浴をする一人となっている、それは私をはじめとする多くの歌人にショックを与えた。もっとも春日井建に相応《ふさわ》しからぬ景だったからです。

以前の春日井建なら、決して詠わなかった情景ですが、己を「いのちの乞食」とまで言い、それでも岩盤に伏すのは、三首目にあるように、生涯独身を貫いた春日井にとっての最大の気がかり、九四歳の母の存在の故でもあったのでしょう。己の回復をだけ待つ母のため。

後年、私と妻の河野《かわの》裕子《ゆうこ》は、近くの乳頭《にゆうとう》温泉郷に行ったとき、思い立って、玉川温泉まで足を延ばし、春日井建を偲《しの》んだことがありました。偲んだというより、当時、手術後の乳がんを抱えていた河野にとっては、そして私にとっても、もっと切実な問題であり、いつ自分たちにそのような状況が襲い掛かるかわからない、どこかでその心の準備をしていたような気がします。玉川温泉のちょっと賽《さい》の河原を思わせるような場を歩きつつ、春日井建の内部の荒涼とした絶望を思わずにはいられませんでした。決して河野をここには連れて来るまいとも思ったことでした。

たよりなき存在となりリスボンの夕日の坂を妻くだりくる

永田和宏『後《のち》の日々』

助手席にいるのはいつも君だった黄金丘陵《コート・ドール》の陽炎《かげろう》を行く

同

ひらりひらりと君の歩みのはかなさは古きシャトーの古き中庭

同

河野裕子が乳がんの手術を受けたあと、私の学会出張に同伴したことがありました。置いてゆくのが心配だったことと、手術後落ち込んでいる河野を元気づけるとの思いがありました。EUの分子生物学会大会に呼ばれたときだったと思いますが、ポルトガルのリスボンで講演した後、フランスのブルゴーニュ地方のワイナリーをレンタカーで回ったりもした。手術後一年しか経っていなかった河野は、愉しんではいたようですが、今に残るどの写真も、どこか存在感の希薄なたよりなさが見え、無理に連れ出したことに心が痛みます。

このひとと会はねば今生天竺《こんじやう》になんぞは行かなかつた唐天竺に　　河野裕子『庭』

黄色人種ふたりのみなる道筋に人らに見られ路地に入りえず　　同

その後も河野を連れていくつかの場所に行きましたが、特にインドへの旅は印象が強かったようです。ここで詠われる「天竺」はインドのことですが、あなたと一緒にならなければ、私の一生にインドに行くなんてことはまず無かったんだからと、インドの風土の違いに度肝を抜かれた彼女はよく言っていたものでした。

故郷と自分

若いときには、ふるさとになんぞあまり興味を示さないのが普通でしょうが、人生折り返し点を過ぎる頃から、現実的にも精神的にも故郷がなぜか近寄ってくる気がする。親戚などの葬儀や法事に呼び出されることで現実に帰郷する回数が増えるということもありましょうが、人生の残り時間を考えるようになると、己のルーツである生まれ故郷が折に触れて頭を過《よぎ》るというのが普通なのかもしれません。帰郷を旅と呼べるかどうかはしばらくおいて。

ふるさとにわれは旅びと朝露につみて悲しき蛍草のはな
古泉千樫《こいずみちかし》『青牛集』

灰色の田園ひろし父母《ちちはは》に叛《(そむ)》き尽くして半生の惨
大野誠夫《おおののぶお》『山鴫《(やましぎ)》』

鋭《と》ごころもしづまりてゆけちちははの老いの枕べにふた夜ねむりつ
岡野弘彦《おかのひろひこ》『海のまほろば』

古泉千樫は故郷に帰っても自らを旅人と感じてしまう。そこがしっくり自らの母郷と感じられるまでには、まだしばしの時間が必要なのでしょうか。大野誠夫のように、「父母に叛き尽くして」故郷を出た若者も少なくはなかったはずですが、ゆったりと広がる田園風景は、そんな「半生の惨」をほのかに浮かび上がらせながら、許してくれる存在でもあったはずです。岡野弘彦は外の世界で、身辺のさまざまと削りあうように接してきて、かさかさに毛羽立ったような己が身も、故郷に帰って父母と二日一緒に眠るだけで静まっていくと、その平安を詠います。

また来たよ　君と共有した〈時〉を駱駝《(らくだ)》のようににれがむために

山下《やました》　洋《ひろし》　『屋根にのぼる』

自らの母郷ではないが、こんな歌もある。京都で大学時代を共に過ごした友人を、病気で早く亡くした山下洋は、幾度も友の眠る津軽の地に足を運ぶ。悲しむというのでも、弔うというのでもなく、共有した時間をにれがむ、すなわち反芻するようにというところに実感があります。そう友の墓参というのは、友と共にあった自らの時間を確認する作業でもあるのです。

最後に、こんな帰郷の歌のどんな範疇にも当てはまらない、しかし、超有名な一首を。

ころがりしカンカン帽を追うごとくふるさとの道駈けて帰らむ

寺山《てらやま》修司《しゅうじ》　『空には本』

ペットのいる生活

我が家の犬はいづこにゆきぬらむ

妻の河野《かわの》裕子《ゆうこ》が存命の頃、わが家に猫の絶えたことはありませんでした。「猫好きで一生《ひとよ》を通し死ぬときはつれあひよりも猫が心配」（『季《とき》の栞《しおり》』）とまで詠《うた》ってしまうような人でしたから、猫がいない生活は考えられないようで、二匹同時にいたときのほうが多かったような気がします。

息子が三重県まで釣りに行った帰りに、カラスにつつかれて死にそうだった子猫、生後数日だったのでしょうが、一〇センチほどの子猫を拾ってきたこともありますし、道で出会ってそのままわが家の住人になったのもいました。

裏口のドアには開閉自由の猫用出入り口をつけ、出たいときにはいつでも出て行って、飯を食いに、あるいは寝に帰ってくるだけという猫もいました。しばらく帰ってこなくて、久しぶりに帰ってきたら違う首輪をつけていたなんてこともあって、多くの猫好きと同様、猫談義が始まると終わりが見つかりません。

河野が亡くなって一三年が経ち、わが家に久しぶりに子猫がやってきました。五月五日生まれの、スコティッシュフォールド。初めてペットショップで猫を買うということをしました。いざ来てみると、生後数か月の猫は、まさに好奇心のかたまり。好奇心はいやでも私に向かうことになり、その可愛さに久しぶりに心ときめいているところ。

かゆいとこありまひぇんか、といひながら猫の頭を撫でてをりたり

小池《こいけ》　光《ひかる》『時のめぐりに』

まことにアホらしい歌で笑ってしまいますが、まさにこんなメロメロと言ってもいい、幸せの日々をちょうど一週間過ごしたところ。なぜもっと早く飼いはじめなかったんだろうと後悔頻《しき》りといったところです。

なぜ飼うことになったのか、独り身の寂しさを紛らわすためなどといった理由付けはまったくないのですが、何より家に自分を待っている者（モノ？）がいるという実感は、久しく忘れていた感覚でした。三度の食事の世話はけっこう大変ですが、早く帰ってやらねばと思う存在があることのほんのりと温かい感覚が、どこか生活の減《め》り張《は》りにもなっているような気がしています。

猫とのつきあい

ペットの代表としては、犬と猫が挙げられるでしょうが、人間とのつきあいはいつ頃からあるのでしょうか。日本では犬は少なくとも縄文時代から人間とともにあったことが知られており、万葉集にも複数の犬の歌があらわれます。一方、猫は万葉集だけでなく、王朝和歌にもまったく詠われていません。

しかし、近代短歌になると一気に、犬や猫が短歌のなかに頻繁に登場するようになってきます。

顔よきがまづ貰《もら》はれて猫の子のひとつ残りぬゆく春の家

佐佐木信綱《ささきのぶつな》　『新月』

猫の舌のうすらに紅き手の触《ふ》りのこの悲しさに目ざめけるかも

斎藤茂吉《さいとうもきち》　『赤光《（しやっこう）》』

佐佐木信綱と言うと、まず誰もが「ゆく秋の大和の国の薬師寺の塔の上なる一《ひと》ひらの雲」を思い出すでしょうが、数多くの格調の高い名歌を生み出した信綱にして、こんな微笑《ほほえ》ましい一首をはじめ、猫の歌が何首か出てきます。「ゆく秋の」も、『新月』のなかの歌ですが、同じ歌集に、いっぽうでこんな一首があることで、佐佐木信綱という歌人への人間的な親しみが感じられます。子猫を譲り、譲られるという関係は今よりもずっと頻繁に行われていたはずですが、猫と言えども、やはり「顔よきがまづ貰はれ」てゆく。人間とても同じか、といった鋭い視線も感じられるはずです。残されたのですから、器量はよくなかったのでしょうが、その残った一匹にこそ、不憫《ふびん》さゆえの可愛さがまさるということなのでしょう。

茂吉の一首は、猫に手を舐《な》められて目覚めたときの歌でしょうか。語の構成が複雑な一首ですが、猫の舌のざらざらとした感触が手に触れて目覚めたということでしょう。

名を呼べばあちこちよそ見をしたりして考へるふりして漸く寄り来

河野裕子　『家』

十年を共に暮らせど気ごころの知れぬ猫なり道ですれちがふ

同　『日付のある歌』

猫好きに尋ねると、猫の魅力を人間に媚《こ》びないところと答える人が多いように思います。犬は必死で人間に擦り寄ってくるが、猫は知らんぷり、そこが魅力だというわけです。生涯に一〇〇首以上の猫の歌を残した河野裕子でしたが、彼女もそんな猫の一面に魅力を感じていたようです。名を呼んでも犬のように尾を振って一目散に駆けてこない。あっちこっちよそ見をしながら、あんたなんかに別に興味はないよと言わんばかりに、ゆっくり近寄ってくる。あるいは道ですれ違っても、知らんぷりで行ってしまう。十年も一緒に暮らしているのに、何を考えているんだとショックも受けますが、こんな猫の性格が猫好きにはたまらないところではある。

あれもこれも捨てる捨てようつづまりは本と二匹の猫が大切

小島《こじま》ゆかり　『雪麻呂』

旅にしきり猫がおもはれ帰りくれば何事もなし猫は寝てをり

同　『さくら』

河野裕子に負けず劣らず猫好きの小島ゆかりも、二匹の猫を飼っています。引っ越しをすることになり、断捨離を実行しようとして、猫と本だけは捨てられないというのが一首目。まあ、「つれあひよりも猫が心配」という河野よりはましでしょうが、同じ引っ越しの一連に、「あたらしき町も六月、雨のなか　消火器と猫は自分で運ぶ」と、なぜ消火器がここに出てくるのかは判然としないながら、やはり相当の猫狂いではあります。

そんな小島にとって、歌の仕事で家を空けなければならないときは気が気ではない。旅にあって思うのは猫のことばかり。一刻も早くと家に駆けこんでみれば、迎えにも出てこないで、なんだもう帰ったのと言わんばかりに薄く目をあけるだけ。拍子抜けするのが飼い主で、でもそんな媚びない猫がいよいよ好きになるのでしょう。

快活のわが若犬は尾を振りて幸(さいはひ)といふを思ひ知らすも

島田《しまだ》修二《しゅうじ》　『東国黄昏《とうごくこうこん》』

しっぽにはしっぽの思想ありぬべし寝ている犬の尻尾が動く

沖《おき》ななも　『ふたりごころ』

尾を振るは機嫌の悪きしるしにて抱かれし猫がうすく眼を開く

永田和宏　『華氏』

猫と犬の性格の違いは、尾を振るときにもはっきり見えてきます。犬はやっぱり喜んでいるときに尾をふりますが、猫は逆。尾を振るときは不機嫌なときであることは、少しでも猫と一緒に生活をすればすぐにわかってきます。

気持ちの通じる犬

現代の歌人で犬派の代表と言えば、すぐに佐佐木幸綱《ゆきつな》の名が思い浮かびます。彼の第一七歌集『テオが来た日』、第一八歌集『春のテオドール』は、どちらも愛犬テオの写真を本のカバーに刷り込むという、これもほとんどメロメロ状態。おまけに帯にまでテオの歌。帯の二首を。

あおぞらを燕がすべり白犬の仔犬のテオが家に来たる日

佐佐木幸綱　『テオが来た日』

おもいつきたることあるらしく二階からいそぎおりくるテオとであえり

同　『春のテオドール』

どちらの歌集のあとがきでも、作者佐佐木幸綱はテオを散歩に連れていく日常に触れています。「毎朝早起きして、近くの多摩川の河原をいっしょに散歩する。こちらはテオのための散歩と思っているが、テオはお父さんの散歩につきあっているつもりらしい。真夏、真冬はさすがにたいへんである。しかし、一面の深い川霧の中をあるいたり、全天のはげしい朝焼けをながめたりと、テオのおかげで、早朝ならではの自然を体験するチャンスにめぐまれもしている」（『テオが来た日』）と記すように、犬は、飼い主の生活時間に一定のリズムをもたらし、生活のスタイルに一定の規則性、減り張りをもたらす存在であるのかもしれません。犬は飼い主と一体化した存在でもある。いっぽう、猫は飼い主の意向などまったく顧慮せず、独立の存在として、悠々と生きているように見える。そこが両者のそれぞれの魅力なのでしょう。

さびしくてわがかひ撫づるけだものの犬のあたまはほのあたたかし　岡本《おかもと》かの子『わが最終歌集』

怒りもつわれによりきて獣温《じゅうおん》のやさしさよてのひらを舐めるスピッツ　生方《うぶかた》たつゑ『鎮花祭』

猫に較べて、犬は可愛がりようのあるペットでもあるようです。頭を撫でれば、いつまでも気持ちよさそうに撫でられている。そんな動作を通じて、飼い主は、あるときは自らの寂しさを紛らわせようとし、あるときは、怒りをなだめようとするのです。犬は、ある意味、飼い主の気持ちの受け取り手でもある。猫に較べれば、気持ちの通じ合える仲間といった意識が強いと言えるでしょうか。

ペットロスの歌

ペットとの生活は楽しいものですが、いっぽうで寿命の問題から、ペットとの死別は、人との死別より原理的には頻繁に起こります。歌壇的にもペットロスの歌が目に見えて増えてきているという印象を持っています。

我が家の犬はいづこにゆきぬらむ今宵も思ひいでて眠れる

島木《しまき》赤彦《あかひこ》『柹蔭集《（しいんしゅう）》』

愚かなるこのあたまよと幾度撫でしわが手の下にいまは亡きがら

河野《こうの》愛子《あいこ》『夜は流れる』

ゆか下のつめたき風に犬のジョン犬のかたちの骨となりけり

藤原《ふじはら》勇次《ゆうじ》『草色の手帳』

一九二六（大正一五）年三月、家族、友人ら四十余名が集まるなかで島木赤彦は息を引き取ります。胃がんが肝臓に転移し、全身に黄疸が出ていて、赤彦自身、己の死を強く意識していましたが、彼の絶詠とされる一首は、死の六日前に、己が飼い犬を詠ったものでした。「我が家の犬はいづこにゆきぬらむ」は、犬のことでもあり、遠からず自らが辿《たど》ることになる道をも思い浮かべていたのでしょう。

赤彦の犬は自ら姿を消してしまいましたが、河野愛子は、亡きがらとなった愛犬の頭を撫でながら、何度「愚かなるこのあたまよ」と撫でたことだろうと、犬とともにあった生活を思います。犬の死と、もっと劇的な再会をせざるを得なくなったのは、藤原勇次でした。赤彦の犬と同様、行方知れずになった犬のジョンを長く探していたのでしょうが、「ここにゐたここにゐたのか床下に白犬のジョンは骨となりをり」と、もう骨になってしまっていた犬を見つけることになってしまいました。どこへ行ったかとっくに諦めていたのに、こんな近くでしかも骨となったジョンと再会することになろうとは。掲出歌では「犬のかたちの骨となりけり」が哀れです。

その前夜をはりのちからをふりしぼり噛み切るまでにわが指を噛む

小池　光『梨の花』

黒猫のジェムは死にたりダンボールの函《（はこ）》の四隅に隙間残して

永田《ながた》　淳《じゅん》『1／125秒』

茶碗だけ白く残れり茶碗しか持たずこの世を渡りてゆきぬ

永田　紅《こう》『いま二センチ』

最初にあげた「かゆいとこありまひぇんか」の小池光の猫も、一五年をともに過ごして死んでしまいました。その前夜、生の「をはりのちから」の限りを尽くして、飼い主の指を噛んだ猫。

その傷は四〇日も治らなかったそうですが、一首目は、そんな精一杯の別れをしてくれた猫への感謝の思いでもあるでしょう。そのときのことを、のちに「足立たずになりたる猫がおそろしき目付きにかはりしこと忘れ得ず」（『サーベルと燕』）とも詠っていますが、壮絶な最期を迎えた猫に対する畏怖の念をも抱いた別れでもあったのでしょう。猫と言えども、死ぬときの苦痛と覚悟は形相にあらわれる。

永田淳の猫は、ダンボールに置かれて家族と一夜を過ごすことになります。「函の四隅に隙間残して」に、この世にわずかな空間しか占めずに生きてきた猫の存在の哀れさが感じられます。同じ一連に、「掘りし穴に入れんとすれば肺葉に残れる空気が音とともに出《い》ず」という一首もありますが、そんなあえかな音とともに閉じられた猫の生のリアルが感じられます。

永田紅の詠う猫は、私もともに過ごしてきた猫ローリーの死を詠っています。「トム、母、ムー去りてほどなき二階家は空きだらけなりき四年の前の」と永田紅が詠っているように、二匹の猫と妻の河野裕子が亡くなったあとにやってきたのがローリーでした。唯一の家財道具として茶碗しか持つことなく「この世を」渡っていった猫という存在を、贖罪にも近い思いで振り返っているのでしょうか。

ペットのあれこれ：ウサギと亀

ペットと言うと、犬猫がほとんどですが、最近ではとんでもないペットの逃走劇が報じられることも稀ではありません。大蛇やオオトカゲなど、もっといたと思いますが、こんなものを飼っているのかと改めて驚かされる。

私はアメリカで生活していた頃、公園でニシキヘビの散歩をしている人を見かけ、しばらく話をしながら、こわごわ背を触らせてもらったことがありました。家ではバスタブのなかで飼っていると楽しそうに話していましたが、蛇の散歩を見たのは、後にも先にもあの一回だけ。あるいは京都の四条近くの路上で、イノシシを散歩させている女性とすれ違ったときも度肝を抜かれました。さまざまです。

しかし、なかなか歌人でそのようなペットを詠っている例はないようですが、次のような歌もあります。

ひとまはりふつくらとして春の兎ときどきわれのふくらはぎ噛む

花山《はなやま》多《た》佳子《かこ》『晴れ・風あり』

みずうみのような沈黙　ゆっくりとリクガメの瞼《まぶた》下から閉じる

大森《おおもり》千《ち》里《さと》『光るグリッド』

亀といふもの言はぬもの家にゐて妻とをりふし会話するらし

小林《こばやし》信也《しんや》『合成風速』

「ウサギと亀」、なんだかおとぎ話のようですが、ウサギと亀はペットとして飼っている家がかなりありそうです。花山家の兎は、時々飼い主のふくらはぎを嚙むといいますが、嚙まれて喜んでいるのは飼い主の方でしょう。その兎も「かすかなる息の兎がゐるのみの一人の家に帰りきたれり」（『鳥影』）という状況を経て、「冬晴れの窓をひらきて行かしめぬ最後の夜のうさぎの匂ひを」（同）ということになります。ウサギの平均寿命は七歳くらいと言われますから、生活を共にする時間は犬、猫よりずっと短いのでしょう。

それに引き換え亀は長生き。亀は万年などと言われますが、さすがにそんなことはなくて、平均三〇年から五〇年くらいでしょうか。意外に亀をペットにしている人は多く、大森、小林両家も亀。どちらの歌も亀の沈黙を詠っているのがおもしろいですが、大森千里の歌では「みずうみのような沈黙」の感覚がよく、さらに瞼が「下から閉じる」にしっかりとした観察眼が光ります。

小林信也は単身赴任の時期が長かったのですが、奥さんは、そんな家族の寂しさを紛らわせようと亀を飼い始めたのでしょうか。亀は「もの言はぬもの」なのだけれど、自分が留守のあいだは、「妻とをりふし会話するらし」と作者は感じているようです。少々の嫉妬も感じていたとしたらおもしろい。

最後に、そんな嫉妬（?）の歌をあげておきましょう。

日に幾度わが溜息を聞きてゐむ妻は猫語でおやすみをいふ

妻と子と猫の夢二が円居《まどゐ》して愉《たの》しきことを計りゐるらし

内藤《ないとう》　明《あきら》『虚空の橋』

同

小林信也の妻がもの言わぬ亀を話し相手にしていたのに対し、内藤家ではどうも妻は猫語を話し、さらに妻と子と猫の三者が共闘し、ひそかに「愉しきことを計りゐるらし」というのです。家のことを構わず、いつも外で仕事ばかりしている亭主は仲間外れ、加えてほしいとおもっても、もう手遅れなのでしょう、きっと。

孫との日々をたのしむ　くそ婆あなどといふ子は可愛ゆしと

歌で知られる孫

私の知り合いに、斎藤茂一《さいとうもいち》さんという方がいます。初めて会ったとき、「ああ、あなたがあのプラプラの……」と言ったら、「そうなんです、お会いした方、皆さんにそう言われます」と、にこやかに話しておられました。

ぷらぷらになることありてわが孫の斎藤茂一路上《ろじやう》をあるく

斎藤茂吉《もきち》『つきかげ』

そう、この茂一氏は、精神科医、斎藤茂太《しげた》の長男にして、かの斎藤茂吉の初孫なのです。そして、茂吉が孫を詠《うた》った歌として、この一首は多くの歌人の知るところとなり、それから七〇年を経て、会う人ごとにそんな挨拶をされる。本人にははた迷惑な話かもしれませんが、私たち歌を作る人間にとっては、あの茂吉に詠われた孫に出会ったということだけでもほのぼのとうれしくなるものなのです。

単に詠われたというだけではなくて、歌がとてもおかしい。「ぷらぷらになることありて」が不思議なオノマトペではあります。「ふらふらに」とも違って、「ぷらぷらに」。当時の茂一さんは三歳だったと思いますが、そんな幼児が所在無げに、手などもぶらぶらさせて、どこか左右のバランスを欠いた不均衡な動き、歩き方をすることがある。初めての孫を、不思議な生き物を観察するように見ている茂吉自身のおもしろさがそこに付け加わっているでしょう。

茂一さんと同じように、将来きっと迷惑な挨拶をされるだろう子もいます。

四人居て玲《れい》ちゃんだけが女の子いけませんよ鼻くそ食べては

河野《かわの》裕子《ゆうこ》　『母系』

河野裕子が孫を詠った歌ですが、この「玲ちゃん」はもちろん私の孫でもあります。息子の永田淳《じゅん》の家には、子が「四人居て玲ちゃんだけが女の子」なのです。まだ六歳頃の歌だったと思いますが、小さい子はときに自分の鼻くそを食べたりするもの。それを見つけたのでしょうか、それはどうかわかりませんが、河野がおもしろがって詠んだ一首。

玲ちゃんは、現在大学の最終学年。小学生の頃、三歳年上の兄、櫂《かい》と同時に歌を作り始めました。今ではもちろんこの一首があることは知っていますが、さて、どう思っているのか尋ねたことはありません。彼女の結婚式では、ぜひこの一首を引いて挨拶したいなどと考えているのですが、こんなことを書くと、結婚式に呼んでくれないかもしれない。

孫をおもしろがる余裕

孫の歌はむずかしいと言われますし、私もそう思います。なぜ、むずかしいのか。孫、というと、即座に「かわいい」に感情が直結してしまい、どの歌もいかに「かわいい」と思っているかのオンパレードになってしまいがちなのです。

ある高名な歌人で、新聞選歌などで「孫」という字を見ただけで落としてしまうなどと公言していた方もおられましたが、孫歌はたしかにむずかしい。

不可思議の面《おも》もちをしてわが孫はわが小便するをつくづくと見る

斎藤茂吉『つきかげ』

欠伸《あくび》すれば傍にゐる孫真似す欠伸といふは善なりや悪か

同

そんな中で茂吉の歌がおもしろいのは、孫という存在を観察しながら、それをおもしろがったり、不思議がったりしている茂吉自身が、歌に映されているところにあるのでしょう。

小便をしているところにやってきて、孫が「不可思議の面もちをして」それをのぞき込む。現在のようにドアで区切られたトイレではなく、桶がひとつ置いてあるに近い開放的な便所だったに違いありません。おじいちゃんに付いてきた孫は、自分ではできない、立ったままする小便というのをつくづく不思議そうに眺めている。こそばゆいような気分でありつつ、それをおもしろがっている茂吉自身がおもしろい、そんな歌になっています。

茂吉の欠伸をすぐに真似する孫がいる。よく見かける微笑《ほほえ》ましい景ですが、それを「欠伸といふは善なりや悪か」と大上段から振りかぶるところに、茂吉のおもしろさがあります。この歌などは、孫を詠っているというより、茂吉が自分をおもしろがっている雰囲気でもあります。こんな風に、孫を詠う場合も、あくまでそれに向かっている作者自身が見えてこないと歌としてはおもしろくならない。

子守唄うたへば娘も孫も寝てとりのこされたやうなまひるま　花山多佳子《はなやまたかこ》『鳥影』

せはしなく動いてゐた子とつぜんにざしきわらし化して佇《たたず》めり　同

孫のために子守唄を歌ってやったのに、一緒にいた娘も眠ってしまって、一人取り残されたような気分になってしまった。よくある風景で、これでいいとは思いつつ、自分だけ取り残されて割に合わないといった不満も少し交じってはいるでしょうか。あるいは、二首目の突然「ざしきわらし化」した孫の不思議。座敷童子にはいろんな側面がありますが、ここは見えていながら見えない存在としての童子なのでしょう。二首とも孫を詠ってはいますが、孫よりも作者のほうによほど不思議とおもしろさを感じるといった歌になっています。

くそ婆あなどといふ子は可愛ゆしといへば少年再びいはず

おばあちやまはほどけてゐるといはれたりまことほどけてこの子と遊べる

四賀光子《しがみつこ》　『白き湾』

五島美代子《ごとうみよこ》　『時差』

遊んであげると呼ぶ声に立ち階《(かい)》くだる遊んでもらわん正月二日

武川忠一《むかわちゆういち》　『地層』

四賀光子の孫は反抗期に入った少年なのでしょうか。時に「くそ婆あ」などと悪態をつく。しかしお婆ちゃんは少しも動ぜず、「まあ、なんてかわいいこと！」などと言ったのでしょうか。少年は、二度と「くそ婆あ」などとは言わなくなったというのです。まあ、一枚も二枚も上手のお婆ちゃんですが、これも少年とのやりとりを楽しんでいます。

五島美代子の孫は「おばあちやまはほどけてゐる」とおもしろい表現をしました。普段、この世のさまざまに身構え、鎧《よろ》うように生きているのかもしれないが、この孫と居られるときだけは、それらを放り投げて、ほどけて居られるのかもしれない。そんな風に、ほどけて遊ぶのも悪くないわねと、新しい自分を発見した気分で孫と戯れたのでしょう。

武川忠一の一首では、幼い孫に遊んであげると言われて、「遊んでもらわん」といそいそと階段を下っている武川が微笑ましい。武川忠一はよく知っている歌人でしたが、武川さんの別の一面を見せてもらったような気分でもあります。

玲の笑窪《ゑくぼ》みたいばかりにこの人は休日を潰して自転車に乗せて

河野裕子『母系』

ウマちゃんは自分のものだと思ひゐる三番目の子が手を引いてゆく

永田和宏『夏・二〇一〇』

わが家は何故か代々二六歳のときに長男が生まれる家で、私も五二歳でお爺ちゃんになってしまいました。爺さんという自覚はほとんど持てない若さでしたが、初孫の櫂、次の玲が幼かった頃は、よく自転車に二人を乗せて遊びに連れて行ったものでした。そんな様子は、妻から見ると、立派なお爺ちゃんじゃないと見えたのでしょうか。

私には五人の孫がいますが、誰からも一度もお爺ちゃんと呼ばれたことがありません。河野裕子が私に「馬ちゃん」というあだ名をつけ、それを家族が共有していたことで、孫たちもみんなごく自然に「ウマちゃん」と呼んでいます。私自身も「爺ちゃん」と呼ばれるよりは、なんとなく気楽で友だちのような気分で快い。「三番目の子」は陽《よう》と言いますが、ウマちゃんを独り占めしたい陽が、私の手を引いてずんずん歩いていくというのが二首目。

あるとき、息子の家に行くと、陽が四番目の颯《そう》に「馬ちゃんて、ほんまは爺ちゃんなんやで」と教えているのを聞いて噴き出してしまいました。子供たちも幼いなりにちゃんと知って、呼んでいた。

己の死を肯定させてくれる存在としての孫

歳をとると、いやでも己の身体の衰えを意識せざるを得ない。病気にも見舞われます。そんなとき、孫に会ったり、孫のことを考えるのが救いにもなり、慰めにもなるというのは、世の祖父母の一般的な思いでもあるでしょう。

わが病みしのちの一年に歩みそめし児を抱《いだ》きあぐもみぢの道に
上田三四二《うえだみよじ》『鎮守』

老《(おい)》の身のたちゐもの憂《う》しいとけなき孫をよびては用いひつけぬ
岡麓《おかふもと》『涌井』

上田三四二は二度にわたって大腸がんと膀胱《ぼうこう》がんを患っていますが、この一首は晩年、二度目のがんのために入院していたのちのものでしょう。なかなか孫とも会えないままに過ごしてきた一年。まだ這《は》うこともできなかった幼子が、一年という時間を隔てて会うと、もう歩き始めていた。幼児の成長の早さに驚くと同時に、衰え、人生の下降線を辿《たど》っている自分にも、これからの人生を確実に歩み始めている孫という存在があることの喜びは大きかったはずです。そんな存在があることによって、遠くない時期に閉じざるを得ない自らの時間を肯定することもできるのでしょう。

岡麓の作はもう少し単純ですが、できなくなることばかりが増える老年という時間のなかで、孫を呼んでは、こまごまと「用」を言いつける。そんな自分を嘆く思いとともに、それを聞いてくれる孫がいることの幸せをしみじみと感じているのでしょう。

しかし老年というのは、自らが生きるための支えでもある孫との別れを、どこかで常に意識せざるを得ない時期でもあります。殊に、己が病《やまい》を抱え、あるいは先の長くないことを自覚している場合は、なおさらその意識は強くならざるを得ない。

ユーコちやんといふ人が居たと思ふだらうか日向道《ひなたみち》なんかで　　河野裕子『母系』

俺が行けば喜んでくれた二人だと櫂はいつ頃思ふのだらう　　同『葦舟』

河野裕子に乳がんが見つかったのは二〇〇〇（平成一二）年。手術ののち小康を得ますが、八年後に再発転移が見つかり、その二年後に帰らぬ人となります。その間に息子のところに四人の孫が生まれることになりました。河野にとって、孫はその成長を最後まで見届けられない存在と覚悟していたようです。

孫たちは河野を「ユーコちゃん」と呼んでいましたが、一首目は、自分が居なくなったあと、孫の誰かが（この歌が作られたときは、一番目の櫂ですが）はるか記憶を辿り、そういえばあの頃「ユーコちゃんといふ人が居た」と思いだすことがあるだろうか、というのです。自分が死んでも、かすかな思い出であっても、どこかに残っていて欲しいという切なる思いでもあったでしょう。

孫たちが来てくれることは、祖父母にとっては大きな喜びですが、二首目は、あの頃、俺が行けば、いつも喜んでくれた二人がいたと、「櫂はいつ頃思ふのだらう」というのです。自分たちがいつも櫂たち孫が来てくれることを待っていた、そのことをどこかで記憶し、ときには思い出して欲しいという思いが切なく響くのは、自らがんという病を抱え、常に死を意識せざるを得なかったからにほかなりません。

どちらも私という存在を、せめて孫たちの思い出のなかに刻んでおきたい、自分が死んだあとも、彼らの記憶のなかに記憶の場を持ち続けたいという思いの切なるものがありますが、これは世の祖父母の誰にも心当たりのあるところでしょう。

人は誰も、家族や孫たち、あるいは友人たちなど遺された人々のなかに、自らのかすかな記憶の場が残るだろうと思えることで、自らの死を許せるものなのかもしれない。

髪長の少女となりし玲ちゃんをあなたの分まで抱きしめておく

永田和宏　『夏・二〇一〇』

河野裕子には、生前四人の孫が授かったことになりますが、「ユーコちゃん」を記憶しているのは、上の二人だけのようです。河野の亡くなったあとに生まれた、娘の紅《こう》の長女紅里《あかり》はいまも「お写真のユーコちゃん」と呼んでいますが、写真でしか知らないお婆ちゃんとなってしまいました。

この歌は河野が亡くなった年に作った一首です。あんなにも一緒に居られることを喜びとし、成長した孫たちを見たいと願っていて、それが叶わなかった妻。こうして「髪長の少女となりし玲ちゃんを」、せめて「あなたの分まで」抱きしめておいてやりたい。あなたもきっとそうしただろうし、こうして抱きしめている感触は、きっとあなたにも伝わっているはずだという思いなのでした。

あとがき

私は以前に『人生の節目で読んでほしい短歌』（ＮＨＫ出版新書）という一冊を出しました。それは、若い青春の日々から、生の充実期である中年期を経て、やがて老いて死を迎えるに至るまでの、人生のそれぞれの時期に詠まれた短歌を紹介し、先人たちのさまざまな思いに触れることによって、自己の人生を生きるためのヒントにしてほしいと願った出版でした。

本書『人生後半にこそ読みたい秀歌』では、タイトル通り、〈人生後半〉に的を絞り、中年期以降のさまざまな時期に、人は何を感じ、何を考え、どう生きてきたか、そしてそれらがどのように詩の言葉として表現されてきたかを、考えようというものです。朝日新聞出版から出ている「一冊の本」に、二〇二一年四月号から二〇二四年三月号まで連載したものに、新しい章の執筆や、他の部分の加筆訂正を経てなったものが本書ということになります。

基本的に野生動物には〈老後〉というものは存在しません。老後という時間を過ごすことができるのは、生物学的にはヒトという存在だけなのです。例外として、人に飼われるようになったペットという存在がありますが、生命三八億年の歴史の中で、老後の過ごしかたというものに注目せざるを得なくなったのは、多く見積ってもたかだか一〇〇年のことにすぎません。生物学的にも、人間社会学的にも、老後をいかに楽しく、充実したものにするかという難問に、今はまだ正解はないというべきでしょう。

しかもその中年以降の時間、すなわち〈人生後半〉は、近年どんどん延びて行っているのが現状でしょう。本文にも述べているように、平均余命が延び、百歳以上の長寿者、センチナリアンの数も、この三〇年で二〇倍以上になりました。定年後の時間を考えても、従来なら残り少ない老後の時間と意識されていた時間が、そんな意識では渡り切れない長さとして意識せざるを得なくなってきました。

本書では、主として近代、現代の短歌を読みながら、中年期以降の〈人生後半〉にどのような困難や問題が起こってくるのか、それにそれぞれの人々がどのように感じ、どのように対処してきたのか、しかもそのなかでどのような喜びがあり、感激がうまれていったのか、などをつぶさに見て行こうと企図したものでした。いわば人生後半とは、それぞれが生きてきた人生時間の「収穫期」ともいえます。これから中年をむかえる人にとっても、大いに参考になるはずです。

お読みいただいた方には実感できるように、ここには引用されたそれぞれの人々に固有の人生があり、それは誰にも代替することのできないものです。歌を読むことによって、自分には体験できなかった、これを読むまでは知ることのなかった人生の大切な場面を知り、それを自分のものとして共有できる、それは歌を読む大きな喜びの一つです。

一方で、ああ、これって私にもやっぱりこんなことがあった、こんな思いを持ったことがあったなどと、自分の経験に照らし合わせて納得できる歌も多くあるに違いありません。自分だけなぜこんな悲しみを背負わなければならないのかと思っていたけれど、ここにもそれと同じ悲しみをかかえていた人が居るということを知るだけで、共感するとともに、力づけられることも多いはずです。

歌はそのような他者の経験を、自分のものとして受け取り、それに共感したり、励まされたり、迷っている自分の背を押してもらったりもする、そんな文芸でもあります。本書はかならずしも最初から順に読んでいただく必要はありません。読者がいまいちばん気になっている項目、いちばん興味のある章から読んでいただいて差しつかえありません。その時どきに、気にかかる項目を読みなおしていただければ、これにまさる喜びはありません。ここに紹介された多くの歌に、自分を照らし合わせて、それらを自らの〈人生後半〉への応援歌ともしていただければ筆者としてこんなにうれしいことはありません。

本書を執筆、連載するにあたり、私たち「塔」短歌会の会員でもある（そして現在は選者でもある）村上和子さんに、歌を探す作業の一部を手伝っていただきました。どうしても自分一人の目の届く範囲だと偏りが出てしまうものですが、村上さんには私の目の届かない歌人にも注目していただき、広く歌を収載することができました。また連載時から本書の刊行に至るまで、朝日新聞出版の矢坂美紀子さんには多くお世話になりました。毎回、しっかり読んで助言などいただいたことはありがたく、お二人に感謝したいと思います。

本書が〈人生後半〉を生きる多くの人々の手に渡り、共感と勇気を得て、楽しく充実した時間を生きていただくささやかな応援歌になることを願っております。

永田和宏

装画　イオクサツキ
装幀　アルビレオ

初出誌
「一冊の本」に二〇二二年四月号から二〇二四年三月号まで掲載。書籍化にあたって大幅に加筆し、配列も変えた。また「中年は人生後半への入口」は書き下ろした。

永田和宏　ながた・かずひろ
一九四七年、滋賀県生まれ。一九七一年京都大学理学部物理学科卒業。歌人、細胞生物学者。JT生命誌研究館館長。京都大学名誉教授。京都産業大学名誉教授。元・日本細胞生物学会会長。二〇〇九年、紫綬褒章受章。二〇一七年、ハンス・ノイラート科学賞受賞。二〇二四年度NHK放送文化賞受賞。
短歌結社「塔」前主宰。歌会始詠進歌や朝日歌壇の選者をつとめる。現在、宮内庁御用掛。
主要歌集に『饗庭』（砂子屋書房、若山牧水賞・読売文学賞）、『風位』（短歌研究社、芸術選奨文部科学大臣賞・迢空賞）、『後の日々』（角川書店、斎藤茂吉短歌文学賞）など。著書に『近代秀歌』『現代秀歌』『タンパク質の一生』（以上岩波新書）、『歌に私は泣くだらう――妻・河野裕子　闘病の十年』『あの胸が岬のように遠かった――河野裕子との青春』（以上新潮文庫）、『基礎研究者』（大隈良典との共著、角川新書）、『知の体力』（新潮新書）ほか多数。

久坂部 羊

生かさず、殺さず

認知症でがんや糖尿病をもつ患者が集まる病棟では何が起きているのか？　医長の三杉は他言できないつらい過去をもち、医師から作家に転じた坂崎はそれをネタに小説を書こうとする。その先に見えてくるものは？　医療サスペンスの傑作。

四六判／文庫判

篠田節子

四つの白昼夢

コロナ禍がはじまり、終息に向かった。退職男たちの宴会と紙袋の骨壺、店の経営が破綻し夢中になった多肉植物、遺影に写った謎の手、自然通風の家で夫婦を悩ます音の正体とは？　現実と非現実の裂け目を描く日常奇譚集。

四六判

谷川直子

その朝は、あっさりと

元教師の恭輔は10年前から認知症に、ここ4年は在宅介護を受ける身だ。96歳で亡くなる3週間前、家族と介護士、看護師はどのようにかかわる？　誰もが迎える最期に何が必要？　恭輔が愛した一茶の句の老いを見つめる温かさにみちた、老衰介護看取り小説。

四六判

小池真理子

月夜の森の梟

作家夫婦は病と死に向き合い、どのように過ごしたのか。残された著者は過去の記憶に苦しみ、その後を生き抜く。大反響を呼んだ朝日新聞連載のエッセイ。文庫化に際し、夫の藤田さんが亡くなってから3年10カ月、現在の心境を加筆。

四六判／文庫判

上野千鶴子

おひとりさまの最期

古希をむかえ、同世代のおひとりさまの友人の死を経験した著者は、「次は私の番だ！」という切実な関心のもとに、医療・看護・介護の現場を垣根を越えて当事者感覚で取材した。この20年の収穫を大公開した「在宅ひとり死」のススメ。

文庫判

高橋源一郎

一億三千万人のための「歎異抄」

730年前の戦乱と飢饉の時代に、弟子の唯円が聞き取った親鸞の『歎異抄』。救い、悪、他力の教えに、西田幾多郎、司馬遼太郎、梅原猛、吉本隆明は魅了され、著者も10年近く読み込んだ。『歎異抄』は親鸞の『君たちはどう生きるか』だ。今の言葉で伝えるみごとな翻訳。

朝日新書判

人生後半《じんせいこうはん》にこそ読《よ》みたい秀歌《しゅうか》

二〇二五年四月三〇日　第一刷発行
二〇二五年七月三〇日　第五刷発行

著　者　永田和宏《ながたかずひろ》
発行者　宇都宮健太朗
発行所　朝日新聞出版
〒一〇四-八〇一一　東京都中央区築地五-三-二
電話　〇三-五五四一-八八三二（編集）
　　　〇三-五五四〇-七七九三（販売）

印刷製本　中央精版印刷株式会社

ISBN978-4-02-252051-7
定価はカバーに表示してあります。

落丁・乱丁の場合は弊社業務部（電話〇三-五五四〇-七八〇〇）へご連絡ください。
送料弊社負担にてお取り替えいたします。

装画　イオクサツキ
装幀　アルビレオ

初出誌
「一冊の本」に二〇二二年四月号から二〇二四年三月号まで掲載。書籍化にあたって大幅に加筆し、配列も変えた。また「中年は人生後半への入口」は書き下ろした。

永田和宏　ながた・かずひろ
一九四七年、滋賀県生まれ。一九七一年京都大学理学部物理学科卒業。歌人、細胞生物学者。JT生命誌研究館館長。京都大学名誉教授。京都産業大学名誉教授。元・日本細胞生物学会会長。二〇〇九年、紫綬褒章受章。二〇一七年、ハンス・ノイラート科学賞受賞。二〇二四年度NHK放送文化賞受賞。
短歌結社「塔」前主宰。歌会始詠進歌や朝日歌壇の選者をつとめる。現在、宮内庁御用掛。
主要歌集に『饗庭』（砂子屋書房、若山牧水賞・読売文学賞）、『風位』（短歌研究社、芸術選奨文部科学大臣賞・迢空賞）、『後の日々』（角川書店、斎藤茂吉短歌文学賞）など。著書に『近代秀歌』『現代秀歌』『タンパク質の一生』（以上岩波新書）、『歌に私は泣くだらう――妻・河野裕子　闘病の十年』『あの胸が岬のように遠かった――河野裕子との青春』（以上新潮文庫）、『基礎研究者』（大隈良典との共著、角川新書）、『知の体力』（新潮新書）ほか多数。

ある）村上和子さんに、歌を探す作業の一部を手伝っていただきました。どうしても自分一人の目の届く範囲だと偏りが出てしまうものですが、村上さんには私の目の届かない歌人にも注目していただき、広く歌を収載することができました。また連載時から本書の刊行に至るまで、朝日新聞出版の矢坂美紀子さんには多くお世話になりました。毎回、しっかり読んで助言などいただいたことはありがたく、お二人に感謝したいと思います。

本書が〈人生後半〉を生きる多くの人々の手に渡り、共感と勇気を得て、楽しく充実した時間を生きていただくささやかな応援歌になることを願っております。

永田和宏

小川公代

世界文学をケアで読み解く

医療、介護、政治、教育の分野からも注目される著者が、世界文学とケアの思想をつなげる画期的評論。弱者と暴力と共生、SF的想像力、新たな男性性、ネガティヴ・ケイパビリティ、死者の魂などの視点から、現代人が失いつつある「ケアの倫理」の奥深さを縦横に展開。　四六判

帚木蓬生

源氏物語のこころ

精神科医で小説家が見つけた紫式部の「ネガティブ・ケイパビリティ」とは。登場人物のおびただしい心表現こそが名作の基本にある。全54帖の大要、主な女君25人の心、源氏の三角関係、特徴的な別れと喪失、心の不安とすれ違い……。新視点による恰好の入門書。　朝日選書判

島薗 進

死生観を問う

宗教学、死生学、グリーフケアの第一人者が、古代から現代までの宗教の教え、文学、民俗学をもとに、ふるさと、無常、孤独、慰霊・追悼、桜、浮き世に焦点を当てて論じる画期的評論。「あなた自身の死生観」の手助けのための最良の一作。　朝日選書判

上野千鶴子・小笠原文雄

上野千鶴子が聞く　小笠原先生、ひとりで家で死ねますか？

家族がいようがいまいが、家で死にたい！　でも末期がんの場合は、夜間はどうする、お金はいくら必要？　「おひとりさま」の上野千鶴子が聞き、がんの在宅看取り率95％を実践する小笠原先生が答える。「在宅ひとり死」を願う人のための必読の一冊。　文庫判

落合恵子

明るい覚悟　こんな時代に

加齢とともに、他者との違いを強調せず、自分のだめさ加減にいら立ちながら諦めても、人生を明け渡さない。「ただの人」を最高と思うようになった。自らの老いに向き合い続けて70代後半を迎え、たどり着いた「明るい覚悟」とは？　四六判／文庫判

伊藤比呂美

いつか死ぬ、それまで生きる　わたしのお経

母と父、夫の死を見届けて独り。犬を連れ荒野や海辺を歩きながら「生きる」「死ぬる」の思索を重ね、仏典を読む日々。森羅万象と生老病死に向き合うなかで生きる力が自ずと湧いてくる。詩のように読み解かれたお経と響きあう魂のエッセイ。　四六判／文庫判